感悟一生的故事

成长 故事

曹金洪　编著

北方妇女儿童出版社

·长春·

图书在版编目（CIP）数据

成长故事 / 曹金洪编著 . -- 长春：北方妇女儿童出版社, 2010.6（2024.3重印）

（感悟一生的故事）

ISBN 978-7-5385-4669-9

Ⅰ . ①成… Ⅱ . ①曹… Ⅲ . ①故事 – 作品集 – 世界 Ⅳ . ①I14

中国版本图书馆CIP数据核字(2010)第083482号

成长故事
CHENGZHANG GUSHI

出 版 人	师晓晖
策 划 人	陶 然
责任编辑	于 潇　刘聪聪
开　　本	710mm×1000mm　1/16
印　　张	11.25
字　　数	200千字
版　　次	2010年6月第1版
印　　次	2024年3月第6次印刷
印　　刷	旭辉印务（天津）有限公司
出　　版	北方妇女儿童出版社
发　　行	北方妇女儿童出版社
地　　址	长春市福祉大路5788号
电　　话	总编办：0431-81629600

定　　价　49.80元

前言

是浮华的风带不走燥热的怅然，是盲动的雷也震不醒驿动的灵魂。这世间的一切，太多的幻想，太多的浮华，太多的……只有呼吸着的每一天，才感受到她的价值，她的真实。此刻，生命对于我们来说，只有一次，可以把握，可以珍惜。

于万千红尘中，我们不停地奔波着，劳碌着，快乐着也痛苦着，其目的就是为着生活，为着活着的质量。是血浓于水的亲情带着我们赤裸裸地来到这个尘世，当我们响亮的第一次啼哭，带给父母这一辈子最动听的音乐的同时，我们便与亲情紧密相连，永不可分了。也许前行的路荆棘丛生，也许前行的路坑坑洼洼，也许前行的路一马平川，但我们只要带着亲人们真切的惦念，带着亲人们殷殷的祈盼，就不会迷失前进的方向，就不会沉沦于泥潭沼泽里而不能自拔。

历经人生沧桑时，或许有种失落感，或许感到形单影只，这时，总会有一种朋友，无须形影相随，无须感天动地，无须多言，便心灵交汇，又能获得心灵的慰藉；在饱受风霜时，总会有一种朋友，无须大肆渲染，无须礼尚往来，无须唯美的表达方式，就能深深地感受到一种力量与信心，就能驱动前行的脚步。朋友无须多而在于精，友情也不必锦上添花，而在于雪中送炭。

童话故事里，我们经常看到王子吻醒了沉睡的公主，或是公主吻到中了魔法的青蛙，便可以幸福地结合在一起，永不分开。在这世上，也许有一份真爱可以彼此刻骨铭心到地老天荒，也许有一种真情彼此生死相依到海枯石烂。而这份真情、这份真爱却因世事的沧桑而深入到人们的骨子里，成为人们心中永恒的痛。

爱，有时，真的就是一种感觉，一种魂牵梦萦的感觉；有时，真的就是一种意境，一种心手相携的意境；有时，又会是一种情怀，一种两情相悦的

1

情怀……

也许，真的如他人所说吧，亲情、友情、爱情，抑或其他值得珍惜的情谊，只是一种修为。所有的绝美，也许应该有一个绝美的演绎过程。我们所能做的，就只有把这种"永存"记录下来，让更多人从中获得感悟，获得启迪。

岁月如歌，有一些智慧启发我们的思想；有一些感悟陪伴我们的成长；有一些亲情温暖我们的心房；有一些哲理让我们终生受益；有一些经历让我们心怀感恩……还有一些故事更让我们信心百倍，前进不止。一个个经典的小故事，是灵魂的重铸，是生命的解构，是情感的宣泄，是生机的鸟瞰，是探索的畅想。

这套丛书经过精心筛选，分别从不同角度，用故事记录了人生历程中的绝美演绎。

本套丛书共20本，包括成长故事、励志故事、哲理故事、推理故事、感恩故事、心态故事、青春故事、智慧故事、人格故事、爱情故事、寓言故事、爱心故事、美德故事、真情故事、感恩老师、感悟友情、感悟母爱、感悟父爱、感悟生活、感悟生命，每册书选编了最有价值的文章。读之，如一缕春风，沁人心脾。这些可贵的精神食粮，或许能指引着我们感悟"真""善""美"的真正内涵，守住内心的一份恬静。

通过这套丛书，我们不求每个人都幸福，但求每个人都明白自己在生活。在明白生命的价值后，才能够在经历无数挫折后依然能坦然地生活！

目录

♂ 带上自信上路

♂ 秉持自己的本色

♂ 追逐梦想的力量

♂ 活得快乐

带上自信上路

爱迪生说："自信是成功的第一秘诀。"面对险象环生的生活海洋，只有带上自信，满怀希望，才能扬帆破浪，从暗夜和昏黑奔向晨曦和黎明，从险滩恶水驶向碧水蓝天。

一个黑色的气球

语 梅

美国著名心理医生基恩博士常跟病人讲起自己小时候经历过的改变他一生的经历：

一天，几个白人小孩儿正在公园里玩。这时，一位卖氢气球的老人推着货车进了公园。白人小孩儿一窝蜂地跑了上去，每人买了一个气球，兴高采烈地追逐着放飞的气球跑开了。白人小孩儿的身影消失后，基恩——那时还是一个黑人小孩儿，才怯生生地走到老人的货车旁，用略带恳求的语气问道："您能卖给我一个气球吗？"

"当然可以，"老人慈祥地打量了他一下，温和地说，"你想要什么颜色的？"

他鼓起勇气说："我要一个黑色的。"

脸上写满沧桑的老人惊诧地看了看这个黑人小孩儿，随后递给了他一个黑色的气球。

他开心地接过气球，小手一松，气球在微风中冉冉升起。

老人一边看着上升的气球，一边用手轻轻地拍了拍基恩的后脑勺，说："记住，气球能不能升起，不是因为它的颜色、形状，而是气球内充满了氢气；一个人的成败，不是因为种族、出身，关键是你的心中有没有自信。"

心灵寄语

　　自信是一根柱子，能撑起精神的广漠天空；自信是一片阳光，能驱散迷失者眼前的阴影。没有人能够十全十美，但只要拥有自信，我们就能够战胜一切，取得成功。

自信十足的人说的话

秋 旋

人们曾请艾萨克·阿西摩夫简述一下自己的经历，他写道：

"我决定从化学方面取得哲学博士学位，我做到了；我决定娶一位非同寻常的姑娘，我做到了；我决定写故事，我做到了；然后我决定写小说，我做到了；以后我又决定写论述科学的书，我也做到了。最后，我决定成为一位整个时代的作家，我确实变成了这样一个人。"

这些幽默打趣的话，只有自信十足的人才能说得出来。

阿西摩夫的自信不是没有道理的。因为他有自知之明，加上他拥有实力雄厚的知识。而他最先提出的"知识就是力量"这句名言则早已成为家喻户晓的真理了。

这位生物化学副教授曾在波士顿大学的实验室里工作着，但是他却在那儿断定：自己的前途是在打字机上，而不是在显微镜下。他回忆道："我明白，我决不会成为一个一流的科学家，但是我可能成为一个一流的作家。就这样，我做出这样的选择——决定做我能够做得最好的事情。"

于是，他以惊人的速度不停地写呀、写呀、写……不，更精确地说，是在打字机上打呀、打呀……他的大脑和双手一样，简直没有停歇的时候。因为在他脑海中，同时酝酿的创作题材从来不少于三个。一星期七天他总是坐在堆满了各种各样的书籍报刊的办公桌旁，每天至少打字八小时。他以每分钟90个字的速度边打边构思。但手指的动作仍跟不上风驰电掣般的思绪。他常常一个星期就能写出一部书，他的手稿刚从打字机上取下来就直接送给了排字机。阿西摩夫已经成为当代一位百科全书式的杰出人物。他的精神感人之深，他的巨著影响之大都是罕见的！

心灵 寄语

成就事业就要有自信，有了自信才能产生勇气、力量和毅力。具备了这些，困难才有可能被战胜，目标才可能达到。但是自信决非自负，更非痴妄，自信建筑在充实和自强不息的基础之上才有意义。

我的生命不要被保证

诗 槐

杰弗里·波蒂洛这样讲述自己早些年的经历：

我记得小学六年级的时候，考试考第一名，老师送我一本世界地图，我很高兴，跑回家就开始看这本世界地图。很不幸，那天轮到我为家人烧洗澡水。我就一边烧水，一边在灶边看地图，看到一张埃及地图，想到埃及很好，埃及有金字塔，有埃及艳后，有尼罗河，有法老王，有很多神秘的东西，心想长大以后如果有机会我一定要去埃及。

我正看得入神的时候，突然有一个大人从浴室冲出来，胖胖的，围一条浴巾，用很大的声音跟我说："你在干什么？"

我抬头一看，原来是我爸爸，我说："我在看地图。"

爸爸很生气，说："火都熄了，看什么地图？"

我说："我在看埃及的地图。"

我父亲就跑过来"啪、啪！"给我两个耳光，然后说："赶快生火！看什么埃及地图？"打完后，踢我屁股一脚，把我踢到火炉旁边去，用很严肃的表情跟我讲，"我给你保证！你这辈子不可能到那么遥远的地方！赶快生火。"

我当时看着我爸爸，呆住了，心想："我爸爸怎么给我这么奇怪的保证，真的吗？这一生真的不可能去埃及吗？"

20年后，我第一次出国就去埃及，我的朋友都问我："到埃及干什么？"那时候还没开放观光，出国是很难的。我说："因为我的生命不要被保证。"于是自己就跑到埃及去旅行。

有一天，我坐在金字塔前面的台阶上，买了张明信片写信给我爸爸。我写道："亲爱的爸爸：我现在在埃及的金字塔前面给你写信，记得小时候，你打我两个耳光，踢我一脚，保证我不能到这么远的地方来，现在我就坐在这里给你写信。"写的时候我感触非常深……

"我的生命不要被保证！"这是一种多么催人奋进的自信啊！一个人想要成功必须自信。

心灵 寄语

梦想和信念在我们的生命中是非常重要的东西，只有梦想可以使我们保持充沛的想象力与创造力，只有信念可以使我们充满不灭的希望和力量。

自己拿主意

千 萍

美国著名女演员索尼亚·斯米茨的童年是在加拿大渥太华郊外的一个奶牛场里度过的。

当时她在农场附近的一所小学里读书。有一天她回家后很委屈地哭了，父亲就问原因。她断断续续地说："班里一个女生说我长得很丑，还说我跑步的姿势难看。"父亲听后，只是微笑。忽然他说："我能摸得着咱家天花板。"正在哭泣的索尼亚听后觉得很惊奇，不知父亲想说什么，就反问："你说什么？"

父亲又重复了一遍："我能摸得着咱家的天花板。"

索尼亚忘记了哭泣，仰头看看天花板。将近 4 米高的天花板，父亲能摸得到？她怎么也不相信。父亲笑笑，得意地说："不信吧？那你也别信那女孩儿的话，因为有些人说的并不是事实！"

索尼亚就这样明白了，不能太在意别人说什么，要自己拿主意！

她在二十四五岁的时候，已是个颇有名气的演员了。有一次，她要去参加一个集会，但经纪人告诉她，因为天气不好，只有很少人参加这次集会，会场的气氛有些冷淡。经纪人的意思是，索尼亚刚出名，应该把时间花在一些大型的活动上，以增加自身的名气。索尼亚坚持要参加这个集会，因为她在报刊上承诺过要去参加，"我一定要兑现诺言。"结果，那次在雨中的集会，因为有了索尼亚的参加，广场上的人越来越多，她的名气和人气因此骤升。后来，她又自己做主，离开加拿大去美国演戏，从而闻名全球。

心灵寄语

人在坎坷的一生中，很多时候都要自己拿主意，当然，自己拿主意并不是一意孤行，而是忠于自己，相信自己，对自己有信心。拿定主意就要坚持到底，路在自己的脚下，如何去行走要自己拿主意。

让别人把你当成宝石

雨 蝶

　　有一天，一位禅师为了启发他的门徒，给他的徒弟一块石头，叫他去蔬菜市场，并且试着卖掉它。这块石头很大，很好看。但师父说："不要卖掉它，只是试着卖掉它。注意观察，多问一些人，然后只要告诉我在蔬菜市场它能卖多少钱就可以。"这个人去了。在菜市场，许多人看着石头想：它可以做很好的小摆件，我们的孩子可以玩，或者我们可以把这当做称菜用的秤砣。于是他们出了价，但只不过几个小硬币。那个人回来后说："它最多只能卖到几个硬币。"

　　师父说："现在你去黄金市场，问问那儿的人。但是不要卖掉它，光问问价。"从黄金市场回来，这个门徒很高兴，说："这些人太棒了。他们乐意出到1000块钱。"师父说："现在你去珠宝商那儿，但不要卖掉它。"他去了珠宝商那儿。他简直不敢相信，他们竟然乐意出5万块钱，他不愿意卖，他们继续抬高价格——他们出到10万。但是这个人说："我不打算卖掉它。"他们说："我们出20万、30万，或者你要多少就多少，只要你卖！"这个人说："我不能卖，我只是问问价。"他不能相信："这些人疯了！"他自己觉得蔬菜市场的价已经足够了。

他从珠宝商那儿回来后，师父拿回石头说："我们不打算卖了它，不过现在你明白了，这个要看你，看你是不是有试金石、理解力。如果你生活在蔬菜市场，那么你只有那个市场的理解力，你就永远不会认识更高的价值。"

心灵 寄语

人生充满了无限的可能，不管我们是怎么认定自己，哪怕那种认定是不好的或有害的，最终我们的人生必然会跟着那种认定走。我们每个人都拥有无穷的能力，只要我们能够找到正确的自我认定。

带上自信上路

晓 雪

几年前，约翰逊经营的是小本日杂百货买卖。他过着平凡而又体面的生活，但并不理想。他家的房子既窄小又陈旧，也没有钱买他们想要的东西。约翰逊的妻子并没有抱怨，很显然，她只是安天命，实际上生活得并不幸福。但约翰逊的内心深处变得越来越不满。当他意识到爱妻和他的两个孩子并没有过上好日子的时候，心里就感到深深的刺痛和内疚。

就是那种对妻子和孩子的歉疚使他有了今天。现在，约翰逊有了一所占地2英亩的漂亮新家，对他们来说空间已经够大，而家里的设计也能让人感觉很舒适。他和妻子再也不用担心能否送他们的孩子上一所好的大学了，他的妻子在花钱买衣服的时候也不再有一种犯罪的感觉了。有一年，他们全家都去欧洲度假，并在欧洲度过了一个难忘的圣诞。约翰逊过上了想要的生活。

约翰逊说："这一切的发生并不是偶然的，是因为我利用了信念的力量。几年以前，我听说在休斯敦有一个经营日杂百货的工作。那时，我们还住在亚特兰大。我决定试试，希望能多挣一点儿钱。我到达休斯敦的时间是星期天的早晨，但公司与我面谈还得等到星期一。"

"晚饭后，我坐在旅馆里静思默想，突然觉得自己是多么的可憎。'这到底是为什么，上帝怎么这样对我！'我问自己，'为什么我总是逃脱不了失败的命运呢？'"

约翰逊不知道那天是什么力量促使他做了这样一件事：他取了一张旅馆的信笺，写下几个他非常熟悉的、在近几年内远远超过他的人的名字。他们取得了更多的权力和工作职责。其中一个原是邻近的农场主，现已搬到更好的边远地区去了；另一位约翰逊曾经为他工作过；最后一位则是他的妹夫。约翰逊问自己：什么是这三位朋友拥有的优势呢？他把自己的智力与他们作了一个比较，约翰逊觉得他们并不比自己更聪明；而他们所受的教育，他们的正直、个人习性等，也并不拥有任何优势。终于，约翰逊想到了另一个成功的因素，即主动性。约翰逊不得不承认，他的朋友们在这点上胜他一筹，而他总是在被逼无奈时才采取某些行动。

当时已快深夜两点钟了，但约翰逊的脑子却还十分清醒。他第一次发现了自己的弱点。他深深地挖掘自己，发现缺少主动性是因为在内心深处，他并不看重自己，对自己没有信心，更别谈什么远大的抱负。

约翰逊回忆着过去的一切，就这样坐着度过了一夜。从他记事起，约翰逊便缺乏自信心，他发现过去的自己总是在自寻烦恼，自己总对自己说不行，不行，不行！他总在表现自己的短处，几乎他所做的一切都表现出了这种自我贬值。

约翰逊终于明白了：如果自己都不信任自己的话，那么将没有人信任你！

于是，约翰逊做出了决定："我一直都是把自己当成一个二等公民，从今以后，我再也不这样想了，我要成为一个优秀的公民，一个优秀的丈夫，一个

优秀的父亲。"第二天上午，约翰逊仍保持着那种高昂的自信心。他暗暗把这次与公司的面谈作为对自己自信心的第一次考验。在这次面谈以前，约翰逊希望自己有勇气提出比原来工资高一到两倍的要求。但是，经过这次自我反省后，约翰逊认识到了他的自我价值，因而把这个目标提到了三倍。结果，约翰逊达到了目的，他获得了成功。

心灵 寄语

　　爱迪生说："自信是成功的第一秘诀。" 面对险象环生的生活海洋，只有带上自信，满怀希望，才能扬帆破浪，从暗夜和昏黑奔向晨曦和黎明，从险滩恶水驶向碧水蓝天。

只要我们始终相信自己

雁 丹

在一次火灾中，一个小男孩儿被烧成重伤。虽然经过医院全力抢救脱离了生命危险，但他的下半身还是没有任何知觉。医生悄悄地告诉他的妈妈，这孩子以后只能靠轮椅度日了。

一天，天气十分晴朗。妈妈推着他到院子里呼吸新鲜空气，然后有事离开了。

一股强烈的冲动从男孩儿的心底涌起：我一定要站起来！他奋力推开轮椅，然后拖着无力的双腿，用双肘在草地上匍匐前进，一步一步地，他终于爬到了篱笆墙边。接着，他用尽全身力气，努力地抓住篱笆墙站了起来，并且试着拉住篱笆墙向前行走。没走几步，汗水从额头滚滚而下，他停下来喘口气，咬紧牙关又拖着双腿再次出发，直到篱笆墙的尽头。

就这样，每一天男孩儿都要抓紧篱笆墙练习走路。可一天天过去了，他的双腿仍然没有任何知觉。他不甘心困于轮椅的生活，一次次握紧拳头告诉自己：未来的日子里，一定要靠自己的双腿来行走。终于，在一个清晨，当他再次拖着无力的双腿紧拉着篱笆行走时，一阵钻心的疼痛从下身传了过来。那一刻，他惊呆

了。他一遍又一遍地走着，尽情地享受着别人避之唯恐不及的钻心般的痛楚。

从那以后，男孩儿的身体恢复得很快。先是能够慢慢地站起来，扶着篱笆走上几步。渐渐地他便可以独立行走了，最后一天，他竟然在院子里跑了起来。

自此，他的生活与一般的男孩子再无两样。到他读大学的时候，他还被选进了学校田径队。

他就是葛林·康汉宁博士，他曾经跑出过全世界最好的短跑成绩。

心灵 寄语

做任何事情，我们都要具有"面对挫折，永不退缩"的精神。再多试一次，就是再给自己一次机会，只要抓住这次机会说不定就能改变你一生的命运。

只坐一个座位

佳 玲

一天，曾教授在英国乘坐地铁时发现，乘客很少，车厢里有不少空座位。但令人费解的是，一位英国母亲抱着一个四五岁的小男孩儿，合坐在一个座位上。

母亲对于身旁的空座位毫不理会，像是没看见一样。小男孩儿很胖，挤坐在母亲的腿上，母亲的脸上沁出了一层细细的汗珠。是孩子生病了？曾教授怎么看也不像，孩子红红的脸蛋儿，很有精神。地铁停了一站又一站，旁边的座位始终空着，母亲坐如磐石，一直抱着小男孩儿。

到达终点站后，曾教授好奇地问这位母亲："你旁边的座位始终空着，为什么一直把孩子抱在腿上，不让他坐到空座上去呢？"

英国母亲笑了笑说："我只买了一张车票，就只能坐一个座位，我不能教育孩子从小就去侵占国家和公共的利益，那样做我会很羞愧的。"

为人之母实属不易，更难得的是做一个无私的母亲。

母亲是孩子的第一个偶像，是孩子的第一个老师。孩子无时无刻不在模仿母亲的行为。母亲只有为孩子树立正确的榜样才能让孩子在人生的道路上不走错路。

一场惊险的音乐会

美 慧

　　在一个寒冷的冬夜，大风呼啸，漫天飘舞着鹅毛般的雪花。意大利小提琴家尼哥罗·帕格尼尼(1782—1840)正乘着四轮马车赶往剧院举行独奏音乐会。剧院里早已坐满了女士和先生们，人们都想亲耳聆听一下这位被称为"魔鬼的儿子"的帕格尼尼那举世无双的、神奇美妙的演奏。

　　到了剧院，帕格尼尼准备就绪，只见他左手挟着小提琴，右手拿着琴谱，走上了舞台。刚走出几步，不料皮鞋里的一颗小钉子从鞋底下顶了出来，戳痛了他的脚板。因此，帕格尼尼只能跛着脚，一拐一拐地走至舞台正中。这一滑稽动作引起了全场哄堂大笑。帕格尼尼却不管这些，他那不露声色的、瘦削的面庞上流露出一丝艺术家所特有的严峻。他把琴谱放在谱架上之后即开始演奏。谁知刚演奏了几个乐句，谱架旁边用来照明的蜡烛倒了，将谱子烧起来，一瞬间，只见火苗跳跃，青烟袅袅，全场又一阵唏嘘声。但是帕格尼尼凭借他那非凡的才能继续演奏着，音乐没有中断。美妙的音乐之流从那双瘦长的、充满魔力的手下奔泻而出，顺着激情的河床，向前驰去，好似在我们面前展现出一幅画：春天的原野上，一片明媚、和煦的阳光慈祥地抚摩大地，春风轻拂着千姿百态……听众们全都沉浸在这美妙的音乐湍流之中，心旷神怡。帕格尼尼正拉至高潮时，突然，小提琴的第二弦(A弦)断了。没有了第二弦，乐曲怎么再继续演奏下去呢？天才的帕格尼尼没有中断演奏，小提琴在继续歌唱着。他运用了高超的技巧，使一场行将失败的音乐会获得了巨大成功。女士、先生们都听得目瞪口呆，惊叹不已。一曲终了，余音绕梁，全场轰动，迸发出狂热的掌声和喝彩声。

在听众的一再要求下，帕格尼尼脱身不得，只好重新登台，再演奏一遍刚才施有"法术"的曲子。只见帕格尼尼一时性起，从口袋里掏出一把小刀，将小提琴上的第三弦与第一弦都割断，这样在小提琴上就只剩下了第四弦。第四弦(G弦)的音色本来就是很美的，深厚而富于歌唱性。帕格尼尼运用了当时尚不为人知的技巧，这就是我们现在学习小提琴时都知道"人工泛音"，在第四弦上奏出了三根弦上的音。这一遍比第一遍还要动听，使人们如醉如痴。狂热的听众都为帕格尼尼那神奇美妙的演奏而欢声雷动，祝贺他的巨大成功。

心灵 寄语

很多年以后，再谈起这场演奏会时，帕格尼尼的几个小"洋相"一定早已被人们遗忘，人们津津乐道的，是帕格尼尼神奇的技艺、堪称化境的造诣以及他对艺术的孜孜追求。一个人难免会犯各种各样的错误，但只要专注于一个方面并不懈努力就会取得成功。

你能行的

采 青

　　萨克是日本某市的居民。在她十几岁的时候，她就常常憧憬自己有朝一日能够去美国，她说："我脑际中常常出现这样一幅画面：父亲坐在客厅中央看报，母亲在忙着烘烤糕点，他们19岁的女儿正在精心打扮，准备和男友一块儿去看电影。"

　　萨克终于能够在加州完成她的大学学业。当她到那里时，她发现那里与她梦想中的世界却大相径庭。"人们为各种各样的麻烦事所困扰，所努力，他们看上去紧张而压抑，"她说，"我感到孤独极了。"

　　最让她感到头痛的课程之一是体育课。"我们打排球。其他的学生都打得很棒，可我不行。"一天下午，教师示意萨克将球传给队员，以便让她们接受扣球训练。最简单不过的一件事却让萨克胆怯了。她担心失败后将遭到队友的嘲笑。这时，一个年轻人大概体会到了她的心境。"他走上来对我小声说：'来，你能行的！'你也许永远都不能体会到这短短的一句话多么令我振奋，四个字：你能行的。我几乎快感动得哭出声来。我整节课都在传球，也许是为了感激那个年轻人，我自己也说不清。"萨克说。

　　6年过去了。萨克已经27岁了，她又回到了日本，当起了推销员。"我从未忘记过这句话，"她说，"每当我感到胆怯时，我便会想起它——你能行的。"她确信那个青年一定不知道他的那简单的一句话对她来说意味着什么。"他也许根本就不记得了。"

　　此后，她始终记得这么一句话：你能行的。

心灵 寄语

　　信念是人生征途中的一颗明珠，既能在阳光下熠熠发亮，也能在黑夜里闪闪发光。充分相信自己，你就会变得强大起来。这个世界是由自信心创造出来的。充分的自信，是事业取得成功的一个重要条件。

教练的秘密

向 晴

吃晚饭时，我一直在考虑怎样启齿告诉约西他不可能被游泳队录取的事。这时，电话铃响了。我几乎无法听懂对方说的是什么。"塞瑟，对不起，"我说，"您能再重复一下吗？"太太瞥了我一眼。"您的意思是说约西已经被录取了？谢谢，教练。"

"他被录取了？"太太问。

"塞瑟说，他在约西身上看到了一些特殊的东西。"我说，不知道这"特殊的东西"是什么。

"看看，你过虑了吧？"太太说。

突然，我感到比任何时候都更加担忧了。我觉得塞瑟根本不清楚儿子的问题有多大。在游泳队，约西将怎么继续训练下去呢？我不知道。塞瑟是不是可怜约西才这么做的？我对他们的第一次正式训练忧心忡忡。

不出我所料，其他孩子都比约西有经验，而且进步很快。约西却需要额外的辅导，比其他孩子多得多的额外辅导。塞瑟总是及时赶到，向他指点迷津，我也随时在旁边提醒塞瑟的要求。我从约西专注的眼神里看到，他对塞瑟充满崇拜。

　　我听见塞瑟对约西说了几句什么，并且伴随着动作。忽然，约西点了点头，沿着水道游了开去，他游的是蛙泳！

　　训练持续了两个小时，孩子们全都累坏了，约西除外，他是最后一个从池里上来的人。

　　约西的进步显而易见。但是，训练归训练。第一次比赛来到了。我和伊琳紧张地坐在看台上。"开始！"的信号一发出，孩子们就向池子里跳了下去，可是约西却用眼角瞟着左右。原来他不知道什么时候该起跳！他看见别人跳了，自己才开始，迟了至少一秒钟。

　　回家后，我对伊琳说："你注意到了吗？约西落在别人后面，是因为他不懂得什么时候起跳下水。"

　　"尽管如此，他还是夺得了第三名。"伊琳说，"还不错吧。"

　　"是呀，但是他能做得更好。他需要额外的关注，他和别人不同。"

　　"他像你小时候。"伊琳说，"那时谁关注过你？放宽心一点。有时你的忧虑太多了，布鲁斯。"伊琳说得一针见血。但是，下次训练时，我还是找到塞瑟。"塞瑟，"我紧张地开了头，"不知您注意到没有，约西总是先看别人跳了自己才开始跳下水，我们能不能把用于聋人运动员的信号装置用于他？那样可能会好一些。"

　　"罗斯曼西先生，"塞瑟说，"约西不是小孩子，他会从错误中学习。我来教他起跳。他能学会的。"

　　"塞瑟，您不知道，约西他患有学习障碍症。别的孩子一学就会的事，他都感到困难的。"

　　"我来教他，他听我的话。"塞瑟说，"您对孩子不会做的事担忧太多。"

　　约西的下一次比赛在两周以后。我看着他在起点站好，信号一发出，约西就一跃身跳下水去。他跳得准确、及时。比赛进行得很激烈，塞瑟站在终点等着孩子们，约西距第一名只有一秒之差。

　　我终于认识到了塞瑟教练的秘密：他对我的儿子充满信心。他相信他能学会，而且能从错误中总结经验，学会尚不知道的事。我呢？塞瑟的话回响在我的

脑海：您对孩子不会做的事担忧太多。我对儿子缺乏信心，我只相信孩子不会做的事，而不相信他能学会做。

心灵寄语

人的自信不仅来自于自己的内心，有时候别人对自己的肯定更能使人建立自信心。更多地信任别人吧，也许你就能够帮他改变自己，改变人生。

一件宝贵的礼物

慕菌

　　有个叫西格的女人，自从接连生了三个孩子之后，就整天烦躁不安。4岁的孩子整日玩闹，19个月大的孩子整夜哭叫，还有一个婴儿需要不断地喂奶。那一段日子，西格的精神就要崩溃了。长期的睡眠不足使她无法以正常的心态看待周围的世界，也无法正常地看待自己。她甚至怀疑自己天生就"低能"，连几个孩子都照看不了，以后还能做什么呢？

　　这时候，她的一个叫海伦的朋友从另外一个城市托人给她带来一份礼物。她打开一看，是一个装饰得很漂亮的陶瓷容器，上面还贴着一个标签，标签上写着："西格的自信罐，需要时用。"罐子里面装着几十个用浅蓝色纸条卷成的小纸卷，每个小纸卷上都写着海伦送给西格的一句话。西格迫不及待地一个个打开，只见上面分别写着：

　　上帝微笑着送给我一件宝贵的礼物，她的名字叫"西格"；

　　我珍惜与你的友谊；

　　我欣赏你的执着；

　　我希望住在离你的厨房100英尺远的地方；

你很好客；

你有宽广的胸怀；

你是我愿意一起在一家百货公司转上一整天的那个人；

你做什么事都那么仔细，那么任劳任怨；

我真的相信你能做好任何你想做的事情。

我给你提两点建议：第一，当你完成一件自己想干的事情，或者得到别人的称赞和肯定的时候，就写一张小纸条放在这个罐里。第二，当你遇到困难和挫折，或者有点心灰意冷的时候，就从这个小罐里拿出几张纸条来看看。

读到这里，西格的眼圈湿了。因为她深深地感觉到，她正被别人爱着，被别人关心着，困难只是暂时的，自己也是很棒的。从那以后，西格把这个"自信罐"摆在最醒目的地方，只要遇到压力和困难，就情不自禁地伸手去摸。

15年以后，西格当上了一所幼儿园的园长，很多家长都愿意把孩子送到她这家幼儿园，因为她的自信激发了孩子们的自信。从这所幼儿园走出去的孩子，每个人都有一个"自信罐"。

心灵寄语

自信来源于自知，任何人来到这个世界上，都拥有别人所不能拥有的东西，一个人生活的过程，也就是寻找和探索的过程，只要自己的"人生密码"对上号，就像一把钥匙打开了一把锁，接着徐徐开启的，便是成功的大门。

我会输给很多人

宛 彤

　　一位作家的寓所附近有一个卖油面的小摊子。一次，这位作家带孩子散步路过，看到生意极好，所有的椅子都坐满了人。

　　作家和孩子驻足围观，只见卖面的小贩把油面放进烫面用的竹捞子里，一把塞一个，仅在刹那之间就塞了十几把，然后他把叠成长串的竹捞子放进锅里烫。

　　接着他又以迅雷不及掩耳的速度，将十几个碗一字排开，放作料、盐、味精等，随后他捞面、加汤，做好十几碗面前后竟没有用到 5 分钟，而且还边煮边与顾客聊着天。

　　作家和孩子都看呆了。

　　在他们从面摊离开的时候，孩子突然抬起头来说："爸爸，我猜如果你和卖面的比赛卖面，你一定输！"

　　对于孩子突如其来的谈话，作家莞尔一笑，并且立即坦然承认，自己一定输

给卖面的人。作家说："不只会输，而且会输得很惨。我在这世界上是会输给很多人的。"

他们在豆浆店里看伙计揉面粉做油条，看油条在锅中胀大而充满神奇的美感，作家就对孩子说："爸爸比不上炸油条的人。"

他们在饺子馆，看见一个伙计包饺子如同变魔术一样，动作轻快，双手一捏，个个饺子大小如一，晶莹剔透，作家又对孩子说："爸爸比不上包饺子的人。"

心灵 寄语

当我们放眼这个世界的时候，如果以自我为中心，很可能会以为自己了不起，可一旦我们让狂妄的心歇息下来，用赤子之心来观察会发现我们是多么渺小。我们什么时候都能看清自己不如别人的地方时，那就是对生命真正有信心的时候。

秉持自己的本色

最重要的是承认自己。承认自己，实践自己，即是天堂；不承认自己，想扮演别人，便是地狱。无知，会痛苦地走一辈子冤枉路；自知，是人生的第一步！

事情是这样的

冷 薇

一个负责推销吸尘器的推销员，面对自己业绩一直无法突破的困境，心中苦恼不已。他静下心来想了许久，终于想出一个方法，这位推销员决定用一种前所未有的崭新推销方法，来创造骄人的业绩。

这一天，他信心百倍地来到一个高级住宅区。推销员看准了一户人家，他按照最新构思出来的推销新招式，提着一大桶牛粪，走到锁定目标的门前。按完门铃之后，等对方一开门，推销员连招呼都不打一声，就直接冲进门内，将手中的桶用力一挥，洒了满地的牛粪。就在女主人一脸惊愕的神情下，这位推销员大声地说："小姐，你不用担心，我保证，以我们吸尘器的优越性能，绝对能在10分钟内，把这些牛粪彻底清除干净，如果我们公司的吸尘器办不到的话，我就把这些牛粪全都给吃了。"

接着，他便站在原地，等待对方露出好奇不已的标准购买信号。却不料，女主人二话不说，转头便走进厨房。

这位推销员见到现场的情况和他事先排练的剧本有所出入，立即紧张地追着女主人问道："怎么？你对于我们公司吸尘器的超强功能，没有兴趣吗？"

这时，只见女主人从厨房里拿出酱油和番茄酱，并说道："我比较感兴趣的是，你在吃那些牛粪的时候，到底想要加哪一种调味料？"

推销员更是惊讶地说："我根本还没开始操作吸尘器，你怎么知道能不能把那些牛粪完全地吸干净呢？"

女主人轻松地笑着说："事情是这样的，我们今天刚刚搬进来，这屋子根本还没有电，就算你的吸尘器功能再强，我倒要看看你怎么能吸。"

心灵寄语

信心固然是最重要的成功条件之一，但在未明了情况之前，过度的自我膨胀，必定会是导致全盘失败的最严重因素。彻底了解现实的情况，仔细地思考之后，有了完整的计划，然后再激发出信心，才能够展现无比的力量。

秉持自己的本色

冷 柏

加利福尼亚的伊丝·欧蕾太太从小就非常敏感害羞，她的体重过重，加上一张圆圆的脸，使她看起来更显肥胖。

她的妈妈十分守旧，认为伊丝·欧蕾太太无须穿得那么体面漂亮，只要宽松舒适就行了。

所以，她一直穿着那些朴素宽松的衣服，从没参加过什么聚会，也从没参与过什么娱乐活动，即使入学以后，也不与其他小孩一起到户外去活动。

因为她怕羞，而且已经到了无可救药的程度，她常常觉得自己与众不同，不受人欢迎。

长大以后，伊丝·欧蕾太太结婚了，嫁给了一个比她大好几岁的男人，但她害羞的特点依然如故。

婆家是个平稳、自信的家庭，他们的一切优点似乎在她身上都无法找到。

生活在这样的家庭之中，她总想尽力做得像他们一样，但就是做不到，家里人也想帮她从禁闭中解脱开来，但他们善意的行为反而使她更加封闭。

她变得紧张易怒，躲开所有的朋友，甚至连听到门铃声都感到害怕。她知道自己是个失败者，但她不想让丈夫发现。

于是，在公众场合她总是试图表现得十分快活，有时甚至表现得太过头了，于是事后她又十分沮丧。

因此她的生活中失去了快乐，她看不到生命的意义，于是只好想到自杀⋯⋯

后来，伊丝·欧蕾太太并没有自杀，那么是什么改变了这位不幸女子的命运呢？竟然是一段偶然的谈话！

欧蕾太太在一本书中这样写道：是一段偶然的谈话改变了我的整个人生。一天，婆婆谈起她是如何把几个孩子带大的。她说："无论发生什么事，我都坚持让他们秉持本色。""秉持本色"这句话像黑暗中的一道闪光照亮了我。我终于从困境中明白过来——原来我一直在勉强自己去充当一个不大适应的角色。一夜之间，我整个人就发生了改变，我开始让自己学会秉持本色，并努力寻找自己的个性，尽力发现自己究竟是一个什么样的人。我开始观察自己的特征，注意自己的外表、风度，挑选适合自己的服饰。我开始结交朋友，加入一些小组的活动，第一次他们安排我表演节目的时候，我简直吓坏了。但是，我每开一次口，就增加了一点儿勇气。过了一段时间，我的身上终于发生了变化，现在，我感到快乐多了，这是我以前做梦也想不到的。此后，我把这个经验告诉孩子们，这是我经历了多少痛苦才学习到的——无论发生什么事，都要秉持自己的本色！

心灵寄语

最重要的是承认自己。承认自己，实践自己，即是天堂；不承认自己，想扮演别人，便是地狱。无知，会痛苦地走一辈子冤枉路；自知，是人生的第一步！

一流的投手

凝　丝

　　有个小男孩儿头戴球帽，手拿球棒与棒球，全副武装地走到自家后院。"我是世界上最伟大的打击手。"他自信满满地说完后，便将球往空中一扔，然后用力挥棒，但却没打中。他毫不气馁，继续将球拾起，又往空中一扔，然后大喊一声："我是最厉害的打击手。"他再次挥棒，可惜仍是落空。他愣了半晌，然后仔仔细细地将球棒和棒球检查了一番。后来他又试了一次，这次他仍告诉自己："我是最杰出的打击手。"然而他第三次的尝试还是挥棒落空。

　　"哇！"他突然跳了起来，"我真是一流的投手。"

　　一个小孩儿聚精会神地在画图，老师问道："这幅画真有意思，告诉我你在画什么？""我在画上帝。""但没人知道上帝长什么样子。""等我画完，他们就知道了。"

　　阿基米德说："给我一个支点，我将撬动地球！"这不是狂妄，是自信，因为他手中有知识这无穷大的杠杆。巴尔扎克发誓要在文坛上完成拿破仑未竟的伟业，凭的是坚韧不拔的毅力，表现出的也是自信。

心灵 寄语

　　坚信自己和自己的力量，这是件大好事，尤其是建立在牢固的知识和经验基础上的自信，但如果没有这一点，它就有变为高傲自大和无根据地过分自恃的危险。

放大自己的优点

碧 巧

    一个穷困潦倒的青年，流浪到巴黎，期望父亲的朋友能帮自己找一份谋生的差事。

    "数学精通吗？"父亲的朋友问他。

    青年羞涩地摇头。

    "历史、地理怎么样？"

    青年还是不好意思地摇头。

    "那法律呢？"

    青年窘迫地垂下头。

    "会计怎么样？"

    父亲的朋友接连地发问，青年都只能摇头告诉对方丝毫的优点也找不出来。自己似乎一无所长。

    "那你先把自己的住址写下来，我总得帮你找一份事做呀。"

    青年羞愧地写下了自己的住址，急忙转身要走，却被父亲的朋友一把拉住了："年轻人，你的名字写得很漂亮嘛，这就是你的优点，你不该只满足找一份糊口的工作。"

把名字写好也算一个优点？青年在对方眼里看到了肯定的答案。

哦，我能把名字写得叫人称赞，那我就能把字写漂亮，能把字写漂亮，我就能把文章写得好看……受到鼓励的青年，一点点地放大着自己的优点，兴奋使他的脚步立刻轻松起来。

数年后，青年果然写出享誉世界的经典作品。他就是家喻户晓的法国19世纪著名作家大仲马。

世间许多平凡之辈，都拥有一些诸如"能把名字写好"这类小小的优点，但由于自卑等原因常常被忽略了，更不要说是一点点地放大它了，这实在是人生的遗憾。须知：每个平淡无奇的生命中，都蕴藏着一座金矿，只要肯挖掘，哪怕仅仅是微乎其微的一丝优点的暗示，沿着它也会挖出令自己都惊讶不已的宝藏……

道理是再简单不过了——许多成功，都源于找到了自身的优点，并努力地将其放大，放大成超越自己和他人的明显优势……生活本来就是一杯苦咖啡，香醇中掺杂着苦涩，对待人生"其苦"妙法之一，是不要把目标定得太高，要认识到愿望与现实总是有距离的，适可"而止"是一种理智。再是对自己已经得到的东西应好好珍惜。

心灵寄语

种子放大了坚毅的优点，最终长成参天大树；星火放大了执着的优点，最终燃成燎原之势；微风放大了恒久的优点，最终征服猎猎狂风；我们放大了自己的优点，最终成就不懈的追求。

任何时候都不要小看自己

静 松

有一个小男孩儿非常自卑，贫寒的家境使他老觉得自己处处低人一等。在学校里，小男孩儿总是低着头走路，只要碰到调皮捣蛋的学生，他便赶紧躲开。尽管如此，他仍然常常无缘无故地成为别人的出气筒，可怜的他，连还手的勇气也没有。受尽欺负的小男孩儿常在心里问自己："我什么时候才能比别人强一点儿呢？"

有一天，老师带着全班同学来到一家生产水果罐头的工厂。孩子们的任务是刷洗那些收回来的空罐头瓶子。为了激励大家，老师宣布开展比赛，看谁刷洗的瓶子最多。

小男孩儿站在同学中间，听到老师的号召，心里一阵激动，他从来没有得到过"第一"，那一刻他下定决心，一定要得到它。

他很快就学会了所有的刷瓶程序，刷得非常认真，一个接一个，一整天都没有停下来，一双小手被水泡得泛起一层白皮。结果，他刷了108个，是所有孩子里面刷洗瓶子最多的。当老师宣布这一结果时，小男孩非常高兴，那种成功后极度快乐的体验，从此一直留在他的记忆中。

也就是从那一天起，当时 10 岁的小男孩儿知道自己的生活可以从此完全不同了。得了"第一"的他一下子明白了，无论什么事情，只要他肯干，就一定可以干好。他开始拼命地去做自己想做的事情，他坚信，只要坚韧不拔地努力下去，就一定能够得到自己想要的东西。

果然，这个小男孩儿一路顺利地走了下去：1985 年，他从重庆大学计算机专业毕业；1988 年，他获得哈尔滨工业大学计算机专业硕士学位；1991 年，他获得哈尔滨工业大学计算机专业博士学位。他拥有数项重大发明专利，曾三次荣获部级科技进步二等奖。

如今，当年的小男孩儿成为"微软亚洲研究院"的主任研究员，是计算机自然语言领域中公认的最为优秀的科学家之一，他叫周明。周明说，当年自己正是从手中的 108 个瓶子中，发现成为天才的全部秘密——任何时候都不要小看自己。

心灵 寄语

我们可能有各种缺点，但是这并不代表我们比任何人差。没有人天生是完美的，只要通过努力就可以取得成功。如果自己都小看自己，那么任何人也没办法帮你。

谁拉你走向了平庸

芷安

　　一个长跑运动员参加一项 5 人小组的比赛。赛前教练对他说："据我了解，其他4个人的实力并不如你。"结果，这个运动员轻松地跑了个第一名。后来，教练又让他参加了另外一个 10 人小组的比赛，教练把其他人平时的成绩拿给他看，他发现别人的成绩并不如自己，他又轻松地跑了个第一名。再后来，这个运动员又参加了20人小组的比赛，教练说："你只要战胜其中的一个人，你就会胜利。"结果，比赛中，他紧跟着教练说的那个运动员，并在最后冲刺时，又取得了第一名。

　　后来，换一个地方。赛前，关于其他运动员的情况，教练并没和他沟通过。在 5 人小组的比赛中，他勉强拿了一个第一名，后来在 10 人小组的比赛中，他滑到了第 2 名，在 20 人的比赛中，他仅仅拿了一个第 5 名。

　　而实际的情况是，这次各个组的其他参赛运动员与第一次的水平完全相同。

　　这不由得使我想起自己上学的故事来了。

　　在小学的时候，自己是班里的佼佼者，觉得第一非自己莫属。升到了初中之后，人多了，觉得自己能考前 10 名就不错，于是一旦考到了前 10 名，便沾沾自喜。高中之后，定的目标更低，即便考试稍有出入，也会安慰自己道："高手这么多，已经不错了。"就这样，一步步从优秀走向了平庸。

是的，生活中，不会永远有人告诉我们，竞争对手的实力和能力。于是，面对着周围越来越多的人，我们开始茫然不知所措，或者妄自菲薄，主动地把自己"安排"到一个较低的位置上。这也许是前进的路上，许多人都要走的一条路。

一个著名的企业家曾经说过，一个优秀的人才，他的自信力恒久不衰。是啊，一个人如果对自己缺乏自信，不论有多大的才能，也不会淋漓尽致地施展出来。即便自己曾经是一块金子，缺乏自信，也会让自己黯然褪色为一块铁，甚至甘心堕落为一粒沙子，长久地埋没在沙土里，不被外人发现。

我们原本是优秀的，只是我们缺乏自信，一步一步把我们从优秀的高地上拉下来，一直拉到了平庸的位置上。平庸，是人生的一场灾难，也是人生的悲剧。只是，更多的时候，是我们自己为自己导演了这场灾难和悲剧。

心灵 寄语

一个人生活的最重要部分之一就是拥有恒久不衰的自信力。自信力是实力的外显，而绝不是盲目的乐观。即使你曾经是一块金子，但缺乏持久的自信力，在新环境的波涛的冲刷下，也会让你黯然失色，变成一堆锈迹斑斑的朽铁。

请不要自卑

雪 翠

大象是一种聪明的动物，它把自己的丑陋变成了一种力量，丑鼻子已成为大象生存的法宝。

上帝在造大象的时候，一时疏忽把大象的鼻子拉得又大又长，使大象变得奇丑无比。它当时想为大象重新造一个鼻子，但转念一想，世界上已经有很多美丽的动物了，比如老虎、长颈鹿、天鹅、孔雀等，也应该有一些丑陋的动物才是，这样世界才会变得丰富多彩。于是，就决定让大象接受丑陋的事实。

大象一开始不知道自己长得丑陋，它喜欢到动物中间去活动。可是，别的动物见了它后都纷纷躲开了，像是碰到了怪物。大象十分纳闷儿，心想，自己是一个善良温和的动物，从没有伤害过其他动物，可为什么大家如此不愿意和自己在一起呢？

一天，大象去湖边喝水，湖水清如明镜，大象仔细地看着自己在水中的影像。天哪！自己怎么这样丑陋呀，大象伤心极了：上帝为什么给别的动物制造出比例合适而且好看的鼻子，偏偏给我造了一个奇大奇丑的鼻子？

还好，大象心胸比较开阔，它想：上帝不会给我丑陋的东西，既然有了这个大鼻子，那么就用它做些事情吧。

它先学会用鼻子吸水，只要自己站在河边，把长长的鼻子往河中一伸，就很容易吸到河中的水。这样，别的动物喝不到水的地方，大象往往能够喝到。

由于鼻子又长又大，它能够弄到很高地方的树枝树叶，拔出很粗很粗的树木，丑鼻子给大象带来了数不清的好处。

由于大鼻子发挥了作用，大象吃到和喝到的东西又多又好，而且由于经常使用鼻子干活，使大象得到了很好的锻炼，它的身体越来越强壮。

亿万年之后，大象成为陆地上最为强大的动物，很少有动物敢挑战大象。

这天，上帝忽然想起了大象和它的丑鼻子。上帝感到很内疚，觉得自己一时疏忽，却给大象造成了终生的缺憾。于是，它想找到大象，给它重新造一只好看的鼻子。可是，当它找到大象时，却吃惊地发现大象不是原来的样子了，它变成了庞然大物，大象的鼻子比原来大多了长多了，看上去并不丑，而且显得很有力量。"天哪！"上帝惊叹一声，说道，"大象是一个聪明的动物，它把自己的丑陋变成了一种力量，丑鼻子已成为大象生存的法宝，看来我没有必要再改造它了。"

即使你出身平凡，或者所处的环境丑陋，你同样也可以用积极进取的方式来改变这一切。自惭形秽是不能解决问题的，最为明智的选择是以此作为抗争的动力，将丑陋转化为一种力量，当你变得强大的时候，丑陋就会转变为美丽了。

心中的门

雅 枫

远远地看见那道铁门，我想起母亲的话："去吧，孩子，大胆地去吧！"

走近铁门，老板问："你是来应聘的吧？"我点点头。

老板说："年轻人，凡是在这儿应聘的，必须先过三道门。第一道呢，就是这铁门。"老板做出一个"请"的姿势，那样子很滑稽。

我轻轻地推了推门，它没有开。于是我重重地推了推，门似乎越来越紧。我灵机一动，将门向外拉，不想门竟轻轻地开了。老板投来赞许的目光，说："小伙子，你很有创意。"第二道门是一对红彤彤的木门，关得很紧，却没有上锁。不就是一对木门吗？我用力推，用力拉，门没有开的意思。我恼怒了，这时，我听见母亲说："孩子，每扇门都有它独特的开启方法。"

可是，这扇门要怎么才能打开呢？

平日，我喜欢看老鼠偷东西吃。我常常把装有食物的密封纸盒放在有老鼠的地方，然后偷偷地躲在一边。老鼠很快发现了食物，用牙一下一下地咬破纸盒，然后钻进去把东西吃了。我突然发现我自己就是一只老鼠，只要有东西吃，用什么方法都行。于是，我找来一块石头，破门而入。

老板站在我面前微笑道："年轻人，你很有勇气。"

第三道门很特别,是用玻璃围成的门。

老板说:"里面就是你工作的地方。"

我看了看屋内的摆设,同时,我从玻璃上看见自己——蓬乱的头发和被风吹白的胡须。我很纳闷儿,我一个小伙子怎么这么短时间就变成了糟老头?我犹豫着,不敢开启那扇门。我害怕失败。

老板试探地问:"怎么,不试试?"

我又听见了母亲对我说:"孩子,要大胆地尝试,其实每个人都有一把钥匙。"

钥匙会在什么地方呢?我已不下千次地问自己。

老板说:"这是最后一扇门。"

对呀,我已越过了两道门!难道最后一道就这样放弃?我不甘错过时机,不再犹豫,大步向门走去,门却自己开了。

老板说:"恭喜你,过了三道门!"又说,"里面还有三道门,你敢进吗?"

我点点头:"我想我可以!"

"那你怎样打开那三道门?"

"用钥匙"。

"钥匙在什么地方?"

"在我心中!"

老板会心地笑了。

心灵 寄语

人生在世会遇到很多困难和挫折,其实克服这些困难的方法就在我们心里。只要我们对自己有信心,这些困难挫折就会像故事里的门一样不攻自破。

第三块砖

沛 南

那是初中时的一堂翻越障碍墙的军训课，因为我们这些学生个子都太矮小，教官在障碍墙前的起跳处摞起了两块砖，又在上面盖了一块帆布。同学们虽说动作不算规范，但都相继翻了过去。

轮到我了，我是班里最矮的，紧张得心怦怦乱跳，心中默默重复着教官讲解的要领，开始助跑、起跳、搭手、抬臂……没等肘臂抬上障碍墙，我就跌了下来。当我在教官的命令声中第三次跌到地上时，眼前那两米多高的障碍墙在我心里已成为一座高山，无法翻越。我仰面躺着，泄气极了。

"再来一次！"教官喝令着。"能加一块砖吗？"我试探着请求。教官沉思片刻，点头应允。教官摆放第三块砖时，我已重新站到了起跑处。深吸一口气，助跑、起跳、搭手、抬臂、跨腿……我终于站到了障碍墙的另一面。"就差一块砖。"我嘀咕着。教官一脸严肃地把我叫到障碍墙前，示意我揭去覆盖砖块的帆布。我莫名其妙地伸出手，然后，我惊呆了！帆布下面，摞着的依然只是两块砖，第三块砖平放在后面。"其实，第三块砖就在你心里。"

教官的河南口音从此回荡在我的脑海中了。

心灵寄语

　　许多时候，我们对自身能力缺乏足够的认识和了解，常常希望依仗身外力量的帮助。而一个人在躺倒之前，总是信心先躺倒的。所以，战胜困难，首先就要战胜自己。

亮出你自己

靖 翠

教授应邀来单位作演讲，朋友有幸参加。

演讲的大礼堂里挤了上千人，没有座位的都站在走廊里。可是，最前排却没有一个人坐。见此情景，教授十分惊讶，便问大家："这第一排怎么没有人愿意坐？难道坐着不如站着？"

没有人回答，整个大礼堂一片寂静。教授笑着说道："你们是怕坐第一排我向你们提问题吧！"这次，有人回答说："是！"教授微笑着说："你们怕什么呢？提问题有什么可怕的？我又不会吃掉你们！"大家不由得笑了笑。

接着，教授对大家说："我们那里大家都争着坐第一排，为什么呢？因为坐第一排才能亮出你自己，才能更引人注目。要知道，只有引人注目，你才有机会被人赏识，被人看中。

在这个人才辈出的社会里，要敢于展示自己！记得我读书的时候，老师对我们说，如果你想要取得成功，做出一点儿成就来，你就得亮出你自己。而最好的办法，就是不管在什么时候，你都永远坐在第一排。坐第一排，就是争第一；坐第一排，就是给自己自信。我正是照着我的老师教我的去做，才取得今天的成绩的！"

听了教授这番话后，大家纷纷向前面涌来，争着坐第一排。

从朋友那里听说了这件事之后，我才注意到每次开会或者参加庆典的时候，那些坐在前排，并且在自己的桌上亮出自己名字的人，原来也是为了引人注目呀！而事实上，我们真正能记得的，也就是那些坐在前排亮出自己的人。

心灵寄语

只有亮出自己的人，才有可能被人记住，才有可能被人赏识。一个敢于亮出自己的人，才有可能取得成功。一个敢于亮出自己的人，他就在成功的道路上走出了第一步。

心怀梦想

恨 雁

有个叫布罗迪的英国教师，在整理阁楼上的旧物时，发现了一摞作文本，它们是皮特金中学B(2)班51位孩子的春季作文，题目叫《未来我是_____》。

他本以为这些东西在德军空袭伦敦时被炸飞了，没想到它们竟安然地躺在自己家里，并且一躺就是25年。

布罗迪顺便翻了几本，很快被孩子们千奇百怪的自我设计迷住了。

比如：有个叫彼得的学生说，未来的他是海军大臣，因为有一次他在海中游泳，喝了3升海水，都没被淹死；还有一个说，自己将来必定是法国的总统，因为他能背出25个法国城市的名字，而同班的其他同学最多的只能背出7个；最让人称奇的，是一个叫戴维的盲学生，他认为，将来他必定是英国的一个内阁大臣，因为在英国还没有一个盲人进入过内阁。

总之，31个孩子都在作文中描绘了自己的未来。有当驯狗师的；有当领航员的；有做王妃的……五花八门，应有尽有。

布罗迪读着这些作文，突然有一种冲动——何不把这些本子重新发到同学们手中，让他们看看现在的自己是否实现了25年前的梦想。

当地一家报纸得知他这一想法，为他发了一则启事。

没几天，书信向布罗迪飞来。他们中间有商人、学者及政府官员，更多的是没有身份的人，他们都表示，很想知道儿时的梦想，并且很想得到那本作文本，布罗迪按地址一一给他们寄去。

一年后，布罗迪身边仅剩下一个作文本没人索要。

他想，这个叫戴维的人也许死了。毕竟 25 年了，25 年间是什么事都会发生的。

就在布罗迪准备把这个本子送给一家私人收藏馆时，他收到内阁教育大臣布伦克特的一封信。他在信中说："那个叫戴维的就是我，感谢您还为我们保存着儿时的梦想。

"不过我已经不需要那个本子了，因为从那时起，我的梦想就一直在我的脑子里，我没有一天放弃过；25 年过去了，可以说我已经实现了那个梦想。

"今天，我还想通过这封信告诉我其他的 30 位同学，只要不让年轻时的梦想随岁月飘逝，成功总有一天会出现在你的面前。"

布伦克特的这封信后来被发表在《太阳报》上，因为他作为英国第一位盲人大臣，用自己的行动证明了一个真理：假如谁能把 15 岁时想当总统的愿望保持25年，那么他现在一定已经是总统了。

心灵寄语

产生一个愿望并不难，难的是将它保持下去。要完成既定的梦想就必须坚持，坚持，再坚持。没有锲而不舍坚持到底的精神，就很难收获成功。

你能实现梦想

静 珍

5 年前，戴尔到南方乡村搞福利工作。他要做的就是让每个人相信自己有自给自足的能力，并激励他们去实现自己的想法。

当戴尔来到一个叫密阿多的小镇后，当地政府帮他召集了 25 个靠政府福利生活的穷人。戴尔和他们一一握手后，问他们的第一个问题是："你们有什么梦想？"每个人都用怪异的眼神看着戴尔，好像他是外星人一样。

"梦？我们从来不做梦。做梦又不能让我们发财。"其中一个红鼻子寡妇回答道。

戴尔耐心地解释道："有梦想不是做梦。你们肯定希望得到些什么，希望什么事情能突然实现，这就是梦想。"

红鼻子寡妇说："我不知道你说的梦想是什么东西。我现在最想赶走野兽，因为它们总是想闯进我家咬我的孩子。"

大家都笑了起来。

戴尔说："哦！你想过什么办法没有？"

她说："我想装一扇牢固的、可以防御野兽的新门，这样我就可以出去安心干活了。"

戴尔问："有谁会做防兽门吗？"

人群中一个有些秃顶的瘸腿男人说："很多年以前我自己做过门，现在恐怕都不会了。不过我可以试试。"

接着，戴尔问大家还有什么梦想。

一位单亲妈妈说："我想去大学里学文秘，可是没有人照顾我的 6 个孩子。"

戴尔问："有谁能照顾 6 个孩子？"

一位孤寡老太太说："我以前帮助别人带过不少孩子，我想自己能带好那些可爱的小家伙。"

戴尔给那个秃顶男人一些钱去买材料和工具，然后让这些人解散了。

一星期后，戴尔重新召集那些穷人。他问那个红鼻子寡妇："你家的防兽门装好了吗？"

红鼻子寡妇高兴地说："我再也不用在家守护我的孩子了，我有时间去实现我的梦想了。"

接着，戴尔问秃顶男人感想如何。他对戴尔说："很多年前我给自家做过防兽门，当时做得也不好，后来我就再也没有做过。这次我想一定要做好，结果真的做好了。许多人都说我很了不起，能做那么结实漂亮的门。"

心灵寄语

梦想真的是可以实现的。好多时候不是我们自己没有本事，而是我们故步自封，不愿意去尝试，或者不愿意去努力。

怀有梦想的女孩儿

谷 曼

安德里亚还是个小孩子的时候，就一直怀有伟大的梦想。当和年龄相仿的伙伴们谈论着长大后想成为老师或者秘书的时候，她就梦想着成为一名电影明星了；而当其他人梦想着去地中海度假的时候，安德里亚梦想的则是距离苏格兰更为遥远的加勒比海！

一天，当安德里亚走进房间，宣布"我要去罗马当保姆了"的时候，伙伴们一点儿都没有感到吃惊。她们知道安德里亚早就深爱罗马，总是说那里才是她想要生活的地方。

她公然告诉伙伴们："我深信我将会遇到一位英俊的意大利王子，我们将会疯狂地相爱！"

虽然对她的话持嘲笑态度，但伙伴们对她的离去仍感到悲伤。她是那种能够在她的周围洒满阳光的人，一旦她离去，一切都变得沉闷乏味。

安德里亚到罗马后，在一户人家里当保姆。他们给她一个小房间，她已经学会说一些生活中必须用到的意大利语。安德里亚经常带她看护的那个孩子外出，他们去的最多的地方是特雷维喷泉。

　　"任何一个从来没有看见过它的人，"她在寄给伙伴们的信中写道，"都会认为它只不过是广场里的一个小小的喷泉。但实际上，它很大，就像是一个水造的巨型纪念碑，美丽得惊人。"

　　她告诉伙伴们，往喷泉里扔一枚硬币是为了重返罗马，而扔两枚硬币则是为了找到真爱。"我已在那里花去一大笔钱了。我每次经过那里的时候，都会朝里面扔两枚硬币。我知道早晚有一天会起作用的！"伙伴们嘲笑那封信：还是那个安德里亚，还在继续那些不切实际的梦想。

　　在一个美丽的、充满阳光的罗马的早晨，安德里亚很早就带着那个孩子出门了，他们来到特雷维喷泉，走下台阶，她把她的两枚硬币投进了喷泉。

　　她向上瞥了一眼，看见两个英俊的年轻人正在注视着她。两人之中身材稍高的那个人问她："看来你非常希望回来，否则你干吗要扔进两枚硬币？"

　　安德里亚看了看那个漂亮的年轻人，他的头发虽然是浅褐色的，但脸却是典型的意大利人的脸。"一枚硬币是为了返回罗马，两枚硬币则是为了找到真爱！"

　　那两个年轻人都微笑着走到她的面前。刚刚跟她说话的那个年轻人做了自我介绍，他叫马塞罗。他一边继续研究着她的微笑，一边问道："你想在这里，在你的度假期间找到真爱？"

　　"我住在罗马。我喜欢罗马，我一直梦想着与这里的某个人坠入爱河。我相信总有一天会实现的。"她对着他微笑，他也一直在对她微笑。后来，他们4个人一起喝了咖啡。

　　不管她在他们的第一次会面中说了什么，他似乎真的被她迷住了，他问她是否愿意与他一起出去。

　　第二天晚上，安德里亚与马塞罗约会，她问到他的职业。原来，他是罗马足球队的职业球员。他不仅踢足球，还是足球明星，被意大利的许多年轻人疯狂崇拜。

　　当安德里亚写信告诉伙伴们有关他的事情并且寄来照片时，伙伴们全都承认他非常英俊非常潇洒。

现在，他们已经结婚 15 年并且有了 3 个孩子。她已经看到了大半个世界，就像她一直坚信的那样。

心灵寄语

你必须坚定信心去实现梦想，就像你在每一次经过喷泉的时候往里扔进两枚硬币一样，要相信它总有一天会变成真的。自己的梦想自己都不去相信，那还会有谁认为它能够实现呢？

寻找属于自己的那张床

依 雪

19岁的伯杰是一个富商的儿子。

一天晚餐后，伯杰正在欣赏深秋美妙的月色。突然，他看见窗外的街灯下站着一个和他年龄相仿的青年，那青年身着一件破旧的外套，清瘦的身材显得很羸弱。

他走下楼去，问那青年为何长时间地站在这里？

青年满怀忧郁地对伯杰说："我有一个梦想，就是自己能拥有一座宁静的公寓，晚饭后能站在窗前欣赏美妙的月色。可是这些对我来说简直太遥远了。"

伯杰说："那么请你告诉我，离你最近的梦想是什么？"

"我现在的梦想，就是能够躺在一张宽敞的床上舒服地睡上一觉。"

伯杰拍了拍他的肩膀说："朋友，今天晚上我可以让你梦想成真。"

于是，伯杰领着他走进了堂皇的公寓。然后把他带到自己的房间，指着那张豪华的软床说："这是我的卧室，睡在这儿，保证像天堂一样舒适。"

第二天清晨，伯杰早早就起床了。他轻轻推开自己卧室的门，却发现床上的一切都整整齐齐，分明没有人睡过。伯杰疑惑地走到花园里。他发现，那个青年

人正躺在花园的一条长椅上甜甜地睡着。

伯杰叫醒了他，不解地问："你为什么睡在这里？"

青年笑笑说："你给我这些已经足够了，谢谢……"说完，青年头也不回地走了。

心灵寄语

不管别人给你提供多么优越的条件，都不是属于你自己的；你应该把自己的梦想交给自己，去努力开创属于自己的生活！

追逐梦想的力量

　　"男儿不展风云志，空负天生八尺躯。"
没有雄心壮志的人，他们的生活缺乏伟大的动
力，自然不能盼望他们会做出什么伟大的成就。
在生活的海洋里，只有一心向着灯塔，历尽艰难
险阻，经受风浪的洗礼，才能驶进理想的港湾。

写下你的梦想

平 南

1940年11月，他出生在美国旧金山，英文名字叫布鲁斯·李。因为父亲是演员，他从小就有了跑龙套的机会，于是产生了想当一名演员的梦想。可由于身体虚弱，父亲便让他拜师习武来强身。1961年，他考入华盛顿州立大学主修哲学，后来，他像所有正常人一样结婚生子。但在他内心深处，时刻也不曾放弃当一名演员的梦想。

一天，他与一位朋友谈到梦想时，随手在一张便笺上写下了自己的人生目标：

"我，布鲁斯·李，将会成为薪酬最高的超级巨星。作为回报，我将奉献出最激动人心、最具震撼力的演出。从1970年开始，我将会赢得世界性声誉；到1980年，我将会拥有1000万美元的财富，那时候我及家人将会过上愉快、和谐、幸福的生活。"

写下这张便笺的时候，他的生活正穷困潦倒，不难想象，如果这张便笺被别人看到，会引起什么样的嘲笑。

然而，他却把这些话深深铭刻在心底。为实现梦想，他克服了无数次常人难以想象的困难。比如，他曾因脊背神经受伤，在床上躺了4个月，但后来他却奇迹般地站了起来。

1971年，命运女神终于向他露出了微笑。他主演的《猛龙过江》等几部电影都刷新香港票房纪录。1972年，他主演了香港嘉禾公司与美国华纳公司合作的《龙争虎斗》，这部电影使他成为一名国际巨星——被誉为"功夫之王"。1998年，美国《时代》周刊将其评为"20世纪英雄偶像"之一，他是唯一入选的华人。

他就是李小龙——一个"最被欧洲人认识的亚洲人"，一个迄今为止在世界上享誉最高的华人明星。

1973年7月，事业刚步入巅峰的他因病身亡。在美国加州举行的"李小龙遗物拍卖会"上，这张便笺被一位收藏家以2.9万美元的高价买走，同时，2000份获准合法复印的副本也被抢购一空。

心灵 寄语

写下你的梦想，哪怕是在一张不起眼儿的便笺上，或许它会引领你走向成功，步入辉煌。不要轻视这不起眼儿的便笺，它是你毕生的追求，是你内心世界深深的渴望。

为了一个神圣的目标

靖 玉

1914 年初，《泰晤士报》上刊登了这样一则招聘启事：

"应聘者即将参与极其危险的旅程：赴南极探险。薪酬微薄，需在极度苦寒、危机四伏且数月不见天日的地段工作。不保证安全返航，如若成功唯一可获得的仅有荣誉。"

到底会有多少人仅仅冲着"荣誉"二字来应聘呢？招聘人沙克尔顿心里还真没有底。他在写这则启事的时候就想过：相对于"极度苦寒""危机四伏"和"不保证安全返航"来说，这种"成功的荣誉"是否太空洞、太虚无缥缈了些？但他同时又想：一个看不到这种荣誉的人，他也不会具备足够的勇气和激情去挑战那种极度的艰难困苦，去接受死亡的考验。他觉得，在这则启事里，荣誉比金钱、官位和美女更有感召力。

让沙克尔顿深感欣慰的是，在启事登出的短短几天时间里，受招聘启事吸引的应聘者竟达 5000 人之多！这么多的人来应聘，也让沙克尔顿心里的荣誉感更强烈更神圣了。

经过认真严格的挑选，沙克尔顿最后选定了 27 名船员，于 1914 年 8 月 1 日，乘木船离开伦敦，开始了前往南极探险的壮举。但他们却险些全军覆没。他们刚到达南极边缘的威尔德海，船就深陷在冰川之中动弹不得，并随浮冰在漫漫严冬中漂浮了 10 个月之久。就在夜夜零下几十摄氏度的严寒中，聊以蔽体的小船也被巨大的冰块压毁。他们只好尝试徒步横越冰雪到大海，但在"弹尽粮绝"、体力严重不支的情况下，沙克尔顿只得放弃继续往前走，和船员们一起露宿在浮冰上。这一待又是 5 个月。在这些日子里，他们什么都没有了，甚至连生的希望都已非常渺茫，但在他们每一个人的心里，都有一团温暖的火苗在闪动，在支撑着他们顽强地活过每一天——那就是一种神圣庄严的荣誉感。

最后，沙克尔顿带着几个人，克服了不可想象的困难，靠一只 22 尺长的救生艇，横渡了 1300 海里的海面，到一个设有捕鲸站的岛上搬来援兵，才使所有船员活着归来。人们仍然把他们当成英雄来看待，并且这样评价他们："这虽是一次失败的航行，但却成为了人类历史上英勇和顽强的典范。"而支持他们走过这一艰难历程的，除了那些被他们用来充饥的冰雪和企鹅肉，就是那种在许多人眼里一钱不值的荣誉感了。

心灵 寄语

沙克尔顿和他精心挑选的那27名船员，已经死去很多很多年了，可是那种召唤过鼓舞过支撑过他们的庄严而圣洁的荣誉感，却一直活着——它像人类一种最宝贵最顽强的"基因"，从一代人身上传到另一代人身上，灵魂中具有荣誉感的人，永远都是这个世界上最宝贵、最优秀、最有价值的人。

男孩儿心中的梦

亦 白

　　有这样一个生长于旧金山贫民区的小男孩儿，从小因为营养不良而患有软骨症，在 6 岁时双腿变成"弓"字形，而小腿更是严重的萎缩。然而在他幼小心灵中一直藏着一个除了他自己没人相信会实现的梦——那就是有一天他要成为美式橄榄球的全能球员。他是传奇人物吉姆·布朗的球迷，每当吉姆所在的克里夫兰布朗斯队和旧金山四九人队在旧金山比赛时，这个男孩儿便不顾双腿的不便，一跛一跛地到球场去为心中的偶像加油。由于他穷得买不起票，所以只有等到全场比赛快结束时，从工作人员打开的大门溜进去，欣赏最后剩下的几分钟。

　　13 岁时，有一次他在布朗斯队和四九人队比赛之后，在一家冰激凌店里终于有机会和心中的偶像面对面地接触，那是他多年来所期望的一刻。他大大方方地走到这位大明星的跟前，朗声说道："布朗先生，我是你最忠实的球迷！"

　　吉姆·布朗和气地向他说了声谢谢。这个小男孩儿接着又说道："布朗先生，你知道这样一件事吗？"吉姆转过头来问道："小朋友，请问是什么事呢？"

　　男孩儿一副泰然自若的神态说道："我记得你所创下的每一项纪录，每一次的布阵。"吉姆·布朗十分开心地笑了，然后说道："真不简单。"这时小男孩儿挺了挺胸膛，眼睛闪烁着光芒，充满自信地说道："布朗先生，有一天我要打破你所创下的每一项纪录！"

听完小男孩儿的话，这位美式橄榄球明星微笑着对他说："好大的口气。孩子，你叫什么名字？"小男孩儿得意地笑了，说："奥伦索先生，我的名字叫奥伦索·辛浦森，大家都管我叫O．J．。"奥伦索·辛浦森日后的确如他少年时所说的那样，在美式橄榄球场上打破了吉姆·布朗所创下的所有纪录，同时更创下一些新的纪录。

心灵寄语

要想把看不见的梦想变成看得见的事实，首要做的事便是制定目标，这是人生中一切成功的基础。目标会导引你的一切想法，而你的想法便决定了你的人生。当我们有了这个心动的目标，若再加上必然能够实现的信念，那么就可以说成功了一半。

阳光总照在你的肩上

凌 曼

  1822年，一个中年男子因为还不起巨额债务被关进了伦敦债务监狱。他的儿子刚12岁，就被迫到面包店里干杂工，后来又经人介绍到一家炭粉店刷油漆。男孩儿没日没夜地工作，希望挣足钱好把父亲保释出来。到了2月22日——债务偿还期限的最后一天，男孩儿一家人仍没有把钱凑齐，父亲便被法院判为终身监禁。儿子隔着铁护栏看着父亲时泪如雨下。父亲却对他笑笑，目光慈爱而坚毅，说了一句让他终生难忘的话："孩子不要哭，太阳将永远照在我肩上！"

  这个孩子就是狄更斯，日后写出了《双城记》和《孤星血泪》等世界名著，并被誉为英国近代史上唯一可以和莎士比亚相媲美的大作家。

  多么伟大的父亲！厄运对他来说并非黑暗，而是一道阳光，照亮黑暗的阳光。他知道厄运难免，又不想让儿子的幼小心灵被凄风苦雨所折磨，于是强压内心的疼痛，以阳光般明朗的达观无畏为儿子注入一种坚强的信念和勇气。

  多年后，狄更斯在一本传记中写道："当时我有一种强烈的愿望，那就是一定要成为一个学识渊博和与众不同的人，这个想法在我的心里翻腾，把我的心都要撑炸了……"

是阳光，是父亲注入他心田的那道阳光，为他拨开眼前的阴霾，引领他步步直上，通达事业的巅峰。

心灵 寄语

是痛苦给了智者第一片曙光，一个人在经历了痛苦之后，才能找到自己的价值，才能看清生命的本来面目。智者能善对痛苦，不拥有痛苦，他们把痛苦作为人生不可缺少的一个季节。在它到来时，播撒成功的种子，在它离去时，报以幸福的微笑。

不甘平庸

天 云

　　因发现第二种中微子而荣获1988年诺贝尔物理学奖的美国实验物理学家利昂·莱德曼，曾给一批颇有抱负的大学生作了题为"低报酬、超工时"的讲演，畅谈科学生涯的乐趣，深受听众欢迎。

　　几天后，一位听过演讲的大学生给他写了一封信，信中写道："我工作努力，学业不错，但至今未能显示出任何真正有希望的成绩。我虽已尽了全力，但看来也只能落在平庸之辈中。我常自问：为什么我要设法进研究生院去苦苦求读，然后进政府研究部门或其他学术研究机构，顶多就是发现一两件别人也可能发现的东西。我何不如拿一个学士学位，然后去当个保险统计员，9点上班，5点下班，工资还很高。"

　　"在我看来，'胜者王侯败者贼'，生活似乎只青睐于少数幸运者——我们的社会只表彰那些已经获得的成果，而不表彰导致这些成果所付出的艰苦劳动。那些辛勤劳动着但不曾成功的人，并受不到表彰，这一点使我感到沮丧！"

　　莱德曼为答复这位学生的问题而写了回信，信中希望该生考虑考虑"自己的处世哲学和生活动机"，"什么使你觉得真正快乐？在这个星球上什么才是真正有价值的东西？"

　　这个自认为是"平庸之辈"的大学生所表白的实际心态，确如莱德曼所言，与人生观有关。正因为"平庸"，所以就普遍。这个"平庸之辈"的不甘平庸之心，多少反映了世界上绝大多数寻常人的复杂情绪。虽说三百六十行，行行出状元，但"状元"毕竟没有"秀才"多。科学界也好，其他行业也好，平凡人应该如何生活和工作，如何寻找自我，如何使平凡的人生稍许不平凡些？这个老生常谈的话题，却不断地引起人们新的思索。

心灵寄语

　　任何人对于人生价值和人生的意义，都应该正确认识；对自我的人生目标应该深入了解；对于自己人生的战略，要能够从总体上把握；对于内心的矛盾和冲突，要有能力自己克服，不管处在顺境或者逆境，都要有取胜的决心和行动。

希望成为飞行员

之 柔

有一位卡车司机叫拉利·华特斯，他毕生的理想是飞行。他高中毕业后便加入了空军，希望成为一位飞行员。很不幸，他的视力不及格，因此当他退伍时，只能看着别人驾驶喷气式战斗机从他家后院飞过，他只有坐在草坪的椅子上，幻想着飞行的乐趣。

一天，拉利想到一个法子。他到当地的军队剩余物资店，买了一筒氦气和45个探测气象用的气球。那可不是颜色鲜艳的气球，而是非常耐用、充满气体时直径达4英尺大的气球。

在自家的后院里，拉利用皮条把大气球系在草坪的椅子上，他把椅子的另一端绑在汽车的保险杠上，然后开始给气球充气。

接下来他又准备了三明治、饮料和一支气枪，以便在希望降落时可以打破一些气球，以使自己缓缓下降。

完成准备工作之后，拉利坐上椅子，割断拉绳。他的计划是慢慢地降落回到地上。但事实可不是如此。当拉利割断拉绳，他并没有缓缓上升，而是像炮弹一般向上发射；他也不仅是飞到200英尺高，而是一直向上爬升，直停在11000英尺的高空！在那样的高度，他不敢贸然弄破任何一个气球，免得失去平衡，在半空中突然往下坠落。于是他停留在空中，飘浮了大约14小时，他完全不知道该怎样回到地面。

终于，拉利飘浮到洛杉矶国际机场的进口通道。一架飞机的飞行员通知指挥中心，说他看见一个家伙坐在椅子上悬在半空，膝盖上还放着一支气枪。

洛杉矶国际机场的位置是在海边，到了傍晚，海岸的风向便会改变。那时候，海军立刻派出一架直升机去营救；但救援人员很难接近他，因为螺旋桨发出的风力一再把那自制的新奇机械吹得愈来愈远。终于他们停在拉利的上方，垂下一条救生索，把他慢慢地拖上去。

拉利一回到地面便遭到逮捕。当他被戴上手铐，一位电视新闻记者大声问他："华特斯先生，你为什么这样做？"拉利停下来，瞪了那人一眼，满不在乎地说："人总不能无所事事。"

心灵寄语

人总不能无所事事，人生必须有目标，必须要积极地采取行动！当然，目标必须切合实际，行动也必须要积极有效。借此，你可以被带到人生的崇高境界，而不是深陷囹圄。

不再想当拳击家

梦 巧

    小汤姆 6 岁的时候，还根本不知道自己在这个世界上到底要干什么。周围的人和各种工作都使他喜欢。

    有时，汤姆想当一名天文学家，为的是每天晚上不睡觉，用望远镜观察遥远的星星，有时，他又幻想当一名远航船长，到老远的新加坡去，到那里为自己买一只逗人的小猴儿，有时他渴望变成地铁司机，好戴上一顶神气的帽子到处走走。他也曾如饥似渴地想当一名美术家，在柏油路上为来往飞驰的汽车画白色的行车线，有时，汤姆觉得当个勇敢的旅行家也不坏，光靠吃生鱼，横渡四大洋……

    第二天，汤姆已经急着要当一个拳击家了，因为他在电视里看了一场欧洲拳击冠军赛。拳击家们你来我往打得真来劲！接着又播放了他们的训练情况。训练时他们打的是沉重的皮制的"梨"，那是个椭圆形的有分量的沙袋。拳击家们使出全身的力量来打这个"梨"，为的是锻炼自己的攻击力。汤姆看上了瘾，也想成为他们当中最有力气的人。

    汤姆对爸爸说："爸爸，给我买一个梨吧！"

爸爸说："现在是一月，没有梨。你先吃胡萝卜吧。"

汤姆大笑起来："不，爸爸，我要的不是那样的梨！你给我买一个平常练拳用的皮子做的那种梨吧！"

"你要那个干吗？"爸爸问。

"练拳呗。"汤姆说，"我要当一个拳击家呀！"

"那种梨多少钱一个呢？"爸爸问。

"值不了几个钱。10卢布，要不就是50卢布。"

"没有梨，你就随便玩点儿别的吧。反正你什么也干不成。"说完，爸爸就上班去了。

爸爸拒绝了他的要求，汤姆很不痛快。妈妈马上看出来了，立即说："我有一个主意。"她哈下腰，从长条沙发下面拖出一个大筐：里面装着一些旧玩具。那些旧玩具汤姆已不爱玩了，自己长大了嘛。

妈妈在筐里翻腾起来。她翻腾的时候，汤姆看见掉了轱辘的小电车、哨子、陀螺、船帆上的碎片以及其他许许多多的玩意儿。突然，妈妈从筐底下发现一个胖乎乎、毛茸茸的小熊。她把小熊扔到沙发上，说："你看，这还是米拉阿姨送给你的呢。你那时刚满两周岁。多好的小熊，瞧那肚子多大，哪一点比梨差？比梨还好嘛！用不着买梨了，你练吧。"

这时有电话找她，她便到走廊上去了。

汤姆真高兴，妈妈想的主意这么好。他把小熊放到沙发上，摆好，以便打起来顺手些，汤姆要拿它练拳了。

小熊坐在他的面前，一身巧克力色。两只眼睛一大一小：小的原来是黄色的，玻璃做的；大的是白色的，是用一个纽扣做的。小熊用它那不一样大的眼睛十分快活地瞧着汤姆，两手朝上举着，似乎在开玩笑，说它不等汤姆打就投降了……汤姆瞧了它一会儿，突然想起好久好久以前自己跟它形影不离的情景来

了。那时汤姆走到哪里都拉着它。吃饭时让它坐在旁边，用羹匙喂它。当他把什么东西抹到它嘴上时，它那张小脸儿十分逗人，简直像活了似的。睡觉时汤姆也让它躺在旁边，对着它那硬邦邦的小耳朵，悄声地给它讲故事。那时候，汤姆爱它，一心一意地爱它，为了它，把命献出来他都舍得。可它，自己往日最要好的朋友，童年的真正朋友，这会儿却坐在沙发上。它坐在那里，一大一小的眼睛对自己笑着，而汤姆却想拿它练拳……

"你怎么啦？"妈妈问道。她已经从走廊上回来了。"出了什么事？"

汤姆也不知道自己怎么了，他转过脸去，沉默了好长时间，为的是不让妈妈从声音里猜出自己的心事来。他仰起头，想把眼泪憋回去。后来，稍微克制住了自己的感情以后，他说："没什么，妈妈。我不过是改变了主意，我永远也不想当拳击家了。"

心灵寄语

　　梦想是五彩斑斓的，梦想可以使人的生活更加充实。但是如果为了实现梦想而去伤害自己的朋友甚至亲人，那这种梦想实现后也只会带来惭愧和悔恨，绝不会使人快乐。

忍辱负重的法拉第

问 香

法拉第之所以由一个装订工成为了不起的大科学家，关键在于他能够到当时誉满欧洲的化学家戴维的实验室工作。这样的好条件、好机遇是天下掉下来的吗？不，完全是靠他自己创造的！

法拉第在当装订书报的工人时，听了戴维的报告之后，把所有的报告整理抄清，装上羊皮封皮，一次次邮给戴维。戴维大为感动，请法拉第来面谈。

法拉第很想在戴维的实验室找份工作，戴维却拒绝了，说："你年纪也不小了，什么教育也没受过，还是回到装订车间去吧！"

这无异于给法拉第当头泼了一瓢冷水。若是一般人，被人拒绝到这般地步，还有什么可说呢？

法拉第则不然，一计不成又生一计。他向戴维请求："不能收我当实验员，就让我当勤杂工吧！"

就这样，法拉第创造了机遇，一步一步，终于当了实验室助手，并因此才有了一系列的创造发明，被后人尊称为"电学之父"，最终的成就还超过了戴维！

心灵 寄语

欲速则不达，给自己定过高的目标，有时非但不会增加前进的动力，反而把自己搞得精疲力竭！所以，试着降低自己的物质目标及事业野心，有时会带来许多机会，从而更容易获得成功。

两个饥饿的人

飞 翠

　　从前，有两个饥饿的人得到了一位长者的恩赐：一根鱼竿和一篓鲜活硕大的鱼。其中，一个人要了一篓鱼，另一个要了一根鱼竿，于是，他们分道扬镳了。

　　得到鱼的人原地就用干柴搭起篝火煮起了鱼，他狼吞虎咽，还没有品出鲜鱼的肉香，转瞬间，连鱼带汤就被他吃了个精光，不久，他便饿死在空空的鱼篓旁。

　　另一个人则提着鱼竿继续忍饥挨饿，一步步艰难地向海边走去，可当他已经看到不远处那片蔚蓝色的海洋时，他浑身的最后一点力气也使完了，他也只能眼巴巴地带着无尽的遗憾撒手人间。

　　又有两个饥饿的人，他们同样得到了长者恩赐的一根鱼竿和一篓鱼。

　　只是他们并没有各奔东西，而是商定共同去找寻大海，他俩每次只煮一条鱼，他们经过遥远的跋涉，来到了海边，从此，两人开始了捕鱼为生的日子，几年后，他们盖起了房子，有了各自的家庭、子女，有了自己建造的渔船，过上了幸福安康的生活。

心灵寄语

　　一个人只顾眼前的利益，得到的终将是短暂的欢愉；一个人目标高远，但也要面对现实的生活。只有把理想和现实有机结合起来，才有可能成为一个成功之人。

追逐梦想的力量

小 真

世界冠军摩拉里的成长过程，就是一个以积极的心态成长的过程。早在少不更事守着电视看奥运比赛的年纪，他的心中就充满了梦想，梦想着即将到来的鏖战时刻。

1984年的洛杉矶奥运会前夕，摩拉里已经有幸跻身于最优秀的参赛运动员之列。令人遗憾的是，在赛场上，他发挥欠佳，只获得一枚银牌，与冠军擦肩而过。他没有灰心丧气，从光荣的梦想中退出之后，他把目标瞄准了1988年的韩国汉城奥运会。

这一次，他的梦想在奥运预选赛上就告破灭，他被淘汰了，跟大多数受挫情况下人们的反应一样，他变得沮丧，把体育的梦想深埋心中，有 3 年的时间，他很少游泳，那成了他心中永远的痛。

在摩拉里的心中，自始至终有股燃烧的烈焰，没法子完全把它扑灭，离1992年夏季奥运会还有不到一年的时间了，他决定再次来个孤注一掷。在属于年轻人的游泳赛事中，30多岁的人就算是高龄了，摩拉里久已脱离体育运动，再去百米蝶泳的比赛中与那些优秀的选手们拼搏，简直就像是拿着枪矛戳风车的堂·吉诃

德一样的不自量力。

在预赛中，他的成绩比世界纪录慢一秒多，因此，在决赛中他必须付出更多的努力，他努力地为自己增压打气。在游泳池中，他的速度果然是不可思议的快，超过其他的竞赛者而一路遥遥领先，他不仅夺得了冠军，也破了世界纪录。

一个人的内心中蕴藏着无穷无尽的力量，若是自甘埋没，对身边的一切事情都作低调处理，以为这是我不热衷的，那是我不擅长的，为了避免失败和遇挫的尴尬，有意识地放弃一些难得的机会，虽然表面上看来是最大程度地保全了面子，没有出乖露丑，但事实上却是最大程度地埋没了自己的才能。只有敢于挺身而出，对任何的挫折和磨难都不在乎，心中所有的意念只浓缩到一点——我要争强竞胜，我要发挥出我全部的力量和智慧，唯有在这种心态的导引下，才能屡败而屡战，屡战而屡胜。

心灵 寄语

"男儿不展风云志，空负天生八尺躯。" 没有雄心壮志的人，他们的生活缺乏伟大的动力，自然不能盼望他们会做出什么伟大的成就。在生活的海洋里，只有一心向着灯塔，历尽艰难险阻，经受风浪的洗礼，才能驶进理想的港湾。

最矮的球员

安 玉

我喜欢看NBA的夏洛特黄蜂队打球，特别喜欢看 1 号博格斯(Bogues)上场打球。

博格斯的身高只有160厘米，即使在普通人群里也算矮了，更不用说是在普遍身高两米的NBA了。

据说博格斯不仅是现在NBA里最矮的球员，也是NBA有史以来创纪录的小个子，但这个小个子可不寻常，他曾是NBA表现最杰出、失误最少的后卫之一，不仅控球一流，远投精准，甚至在长人阵中带球上篮也毫无所惧。

每次看博格斯像一只小黄蜂一样，满场飞奔，心里总忍不住赞叹，我想他不只安慰了天下身材矮小而酷爱篮球者的心灵，也鼓舞了平凡人内在的意志。

博格斯是不是天生的好手呢？当然不是，而是意志与苦练的结果。

有一次，他接受记者的访问，谈到自己走入NBA的心路历程。

博格斯从小就长得矮小，但却非常热爱篮球，几乎天天都和同伴在篮球场上斗牛，当时他就梦想有一天可以去打NBA，因为NBA的球员不只待遇高，也是所有爱打篮球的美国少年最向往的梦

每次博格斯告诉他的同伴："我长大后要去打NBA。"

所有听到的人都忍不住哈哈大笑，甚至有人笑倒在地上，因为他们"认定"一个160厘米的小个子是绝无可能打NBA的。

他们的嘲笑并没有阻断博格斯的志向。他用比一般人多几倍的时间练球，终于成为全能的篮球运动员，也成为最佳的控球后卫。他充分利用自己矮小的"优势"，行动灵活迅速，像一颗子弹一样，运球的重心最低，不会失误；个子小不引人注意，抄球常常得手。

现在博格斯成为有名的球星了，他说："从前听说我要进NBA而笑倒在地上的同伴，他们现在常炫耀地对人说'我小时候是和黄蜂队的博格斯一起打球的'。"

博格斯使我想起了盘山禅师的故事。

盘山宝积禅师有一天路过市场，偶然听到顾客与屠夫的对话，顾客对屠夫说："精的割一斤来。"（给我割一斤好肉。）

屠夫听了，放下屠刀反问："哪个不是精的？"（哪一块不是好肉呢？）

顾客怔在当场，在一边的盘山禅师却开悟了。

在人生里，我们往往用自己的主观见解来判定事物的价值，但事物哪有绝对的价值呢？在NBA里，我们都觉得只有超过两米的人才能去打球，但一米六的人又怎么不能立志呢？

博格斯不怕人笑，所以创造了自己的奇迹。天生我材必有用，哪一块不是好肉？哪一个人不是最有价值的人呢？

批评、讪笑、毁谤的石头，有时正是通向自由、自信的台阶。那些没有被嘲笑和批评的黑暗包围过的人，就永远无法在心中燃起一盏长明灯。只有一心向着灯塔，历尽艰难险阻，经受风浪的洗礼，才能驶进理想的港湾。

鹅卵石的奥妙

妙 枫

有天晚上，一群游牧民族正想扎营休息时，忽然被一束强光所笼罩。他们知道神要出现了。带着热切的期待，他们等待着来自上天的重要讯息。

最后，神的声音传来了："尽力收集鹅卵石，把它们放在你们的鞍袋里。再旅行一天，明晚你们会感到快乐，同时也会感到愧悔。"

神离开后，这些游牧民族都感到失望与愤怒。他们期待的是伟大宇宙真理的揭秘，使他们足以因此创造财富、健康或其他世俗的目的。但相反的他们却被吩咐去做这件卑贱而无意义的事。但无论如何，来访的亮光仍促使他们各自拣拾了一些鹅卵石，放在他们的鞍袋里，虽然他们并不怎么高兴。

他们又走了一天路，当夜晚来临，开始扎营时，他们发现鞍袋里的每一颗鹅卵石都变成了钻石。他们因得到钻石而高兴极了，却也因没有收集更多的鹅卵石而愧悔。

我在早期从事教学时曾有一个学生，名叫阿伦，印证了这则传奇的真理。

阿伦念 8 年级时，在被退学的边缘摇摆，他擅长制造麻烦，而且专门欺凌弱小，更是个偷窃高手。

每天我都会叫我的学生背一则伟大思想家的格言。在我点名时，我会用一则格言来点名，学生必须说完这则格言才能算到席上课。

"艾丽丝·亚当斯——没有所谓失败，除非……"

所以，在这年结束时，我的年轻的学生们已经背了150则伟大思想家的格言。

"认为你能，或认为你不能——总有一个对。"

"如果你看到了障碍物，你的眼睛就已远离了目标。"

"所谓犬儒学派，就是指那些知道每一件东西的价格而不懂它们的价值的人。"

当然，还有拿破伦·奚尔斯的："如果你能想到它，相信它，你就能达到它。"

没有人比阿伦更爱抱怨这个每日的例行作业——直到他被退了学。我有 5 年没看到他，但有一天，他打电话给我。他假释出狱后，在附近的某一所学院修习一门专业技术的课程。

他告诉我，在他被送进少年法庭后，被载到加州青少年法院监狱服刑，他变得对自己非常绝望，拿了一把刮胡刀试图割腕自杀。

他说："你知道，许拉特先生，当我躺在那儿，生命一滴一滴地流逝时，我忽然想到有一天你叫我写20次的那句无聊格言：'没有所谓失败，除非你不再尝试。'忽然它对我起了作用。只要我活着，我就不算失败，但如果我让自己死掉，我绝对是个失败的死人。所以我用仅余的力气求救，开始了新生

活。"

在他听到这句格言时，它是鹅卵石。当他身处危机需要指引的那一刻，它变成了钻石。所以我想对你说，尽量收集鹅卵石，你就可以期待一个充满钻石的未来。

千里之行始于足下，人生就是在一个不断积累的过程中走向成功的。书到用时方恨少，如果不经过长期的努力和苦干，就不会等到最后的收获。

爱心旅途

在爱的世界里，爱的天平在爱和被爱中保持着平衡。在生活中，默默地为别人端一杯水，递一本书，甚至提前下车，把座位让给赶时间的人，多做一些力所能及的事，这个世界就会成为爱的海洋。

101岁成名的画家

冬 瑶

我认识哈里·莱伯曼先生的时候，他已经是一位百岁老人了。

那一天，天气又热又闷，就连不见阳光的阴凉处也达到40℃的高温。来到他在长岛的住处，我还以为这位老画家一定坐在舒适的空调室里等我。然而出乎我的意料，他正在树荫下专心致志地绘制一幅油画。他告诉我，他刚刚同一个日历出版商签订一项 7 年的合同，画架上的作品即是其中之一。

老人身材瘦长，脸上皱纹已深，下巴留着一撮胡须，头发花白，但却精神焕发，衣着也很讲究，看上去最多不过 80 岁。80岁！这正是他开始学习作画时的年纪。

一年前莱伯曼是在老人俱乐部里和绘画结下缘分的。那时，老人歇业已有6年。他常到城里的俱乐部去下棋，以此消磨时间。一天，女办事员告诉他，往常那位棋友因身体不适，不能前来作陪。看到老人失望的神情，这位热情的办事员就建议他到画室去转一圈，还可以试画几下。

"您说什么，让我作画？"老人哈哈大笑，"我从来没有摸过画笔。"

"那不要紧，试试看嘛！说不定你会觉得很有意思呢。"

在女办事员的坚持下，莱伯曼来到了画室，平生第一次摆弄起画笔和颜料，但他很快就入迷了，周围的人也都认为这位80岁的老翁简直就是一个天生的画家。81岁那年，老人去听绘画课，开始学习绘画知识。

1977年11月，洛杉矶一家颇有名望的艺术陈列馆举办了其第X届展览，题为：哈里·莱伯曼101岁画展。这位百岁老人笔直地站在入口处，迎接参加开幕仪式的400多位来宾，其中有不少收藏家、评论家和新闻记者。作品中表现出来的活力赢得许多参观者的赞赏。老人说道："我不说我有101岁的年纪，而是说有101年的成熟。我要向那些到了60岁、70岁、80岁或90岁就自认上了年纪的人表明，这还不是生活暮年。不要总去想还能活几年，而要想还能做些什么。着手干些事，这才是生活！"

心灵 寄语

当我们有一个梦想之后，要坚持下去，坚持就是胜利，终有一天你的梦想会实现，会成功。少浪费一些时间，牺牲一些无聊的时间，多找点事情去做。让我们的时间变得更有意义，更充实。

执着地去敲成功之门

凌 荷

　　有个找工作的年轻人来到微软分公司应聘，总经理一时没反应过来，因为公司没有刊登过招聘广告。见总经理疑惑不解，年轻人便用自己并不娴熟的英语解释说自己是碰巧路过这里，就贸然进来了。总经理听清后颇感新鲜，心想莫非对方真是个人才？便笑着说那今天就破例一次。

　　面试的结果却出乎意料。对总经理来说这是他在微软任职以来所经历过的最糟糕的一次面试。年轻人的中专学历与微软所要求的本科学历不符，他对软件编程也只略知皮毛，对于总经理提出的许多专业性问题，年轻人要么答非所问，要么根本就回答不上来，面试中双方几次陷入僵滞的尴尬局面。

　　面试结束，总经理显得很失望，他对年轻人说："要知道微软公司人才荟萃，从高级管理到专业技术人员，都堪称业界精英，微软的大门不是能够轻易叩开的。"正当总经理要回绝他时，年轻人说："对不起，这次我是因为事先没有准备。"总经理认为他只是找个托词下台阶，便随口说道："那好，我给你两个星期时间，等你准备好了再来面试。"

　　回去后，年轻人去图书馆借了计算机编程专业的书籍，然后足不出户在家昼夜苦读。两周后年轻人果然又去见总经理，总经理没有想到对方竟真会再次前来面试，但他还是要兑现当初的承诺。

第二次面试，年轻人对总经理提出的相关专业问题已基本能应付下来，不过他仍没有通过面试，因为凭他的编程知识与微软所要求的软件工程师水平相差实在太悬殊，但在总经理眼里，两周时间里能有如此进步已经是很不容易了，面试结束后，总经理建议性地问道："不知你对微软的其他岗位是否感兴趣，比如销售部门？"

年轻人接受了建议，可是对于销售他却一窍不通，于是总经理又给了他一周时间去准备。

离开微软后，年轻人去书店买了一些关于营销的书籍，又埋头苦读一周。可令人感到晦气的是，一周后，年轻人虽然在销售知识方面进步不小，但他仍没能通过面试。无奈之下，总经理只能歉意地摇头并问年轻人："为何你偏要应聘微软呢？"年轻人的回答令总经理大感意外，他说："其实我并非只想应聘微软，我也知道微软录用人时的苛刻条件，我只是想哪怕不行，好歹也积累了一定的应聘经验。"

总经理哑然之余，不乏幽默地说："那我就多给你几次增长经验的机会。"结果为了应聘，年轻人总共在微软面试了5次，前后共用去两个多月的时间，而总经理也破天荒地给予一个普通的中国小伙子5次机会。

在第五次面试时，年轻人没有回答任何问题，因为当他第五次跨进总经理办公室时，总经理已经对他宣布，其实在第三次面试时他就已经成为微软的一员了。见中方副总经理疑惑不解，总经理解释说："我发现他接受新东西的速度非常快，这说明他是一个有发展潜质的不可多得的人才，尽管他没有本科文凭，但微软将来的希望就在这些年轻人的身上，而且5次应聘他都没有退缩，这说明他很乐观，心理很健康。他还勇于尝试，敢于接受挑战，不放过哪怕百分之一的机会，这说明他有强者的素质。微软需要的不光是有知识和技能的员工，还需要那些有勇气和毅力的人。"

不久，年轻人就得到了微软的重点培训。

这是个故事吗？不，这恰恰是发生在上海浦东新区的一个真实的应聘小插曲。在此事件中完全可以做这样一个假设：只要其中一方的观念是保守消极的，事情就会被搞得面目全非，甚至根本就不会出现。精诚所至，金石为开。锲而不舍，金石可镂。在这惊人力量到来之前，有谁知道所谓"精诚"是付出了多少呢？是千折百回，是千锤百炼，是失败过一万次，还要一万零一次爬起的勇气和毅力！

他做到了，他成功了。

同时，机会从来只垂青那些有所准备的人。

微软公司的总经理该是个睿智的有长远眼光的领导者、决策者，他给了年轻人从璞玉到美玉转变的机会，最终，他也取得了丰硕的成果。可以想见，这样一个百折不挠、聪明勇敢的年轻人将会给微软带来同样神话般的成果。

成与败全在你自己！

在激烈的竞争中，遭遇失败与挫折是在所难免的。有的人在碰壁之后便心灰意冷，有的却在受挫之余认真总结反思，凭着一种执着精神终于获得成功。

请再试一次

夜 薇

　　高三上学期，学校召开"招飞动员大会"，号召全校理科毕业班男生踊跃参加空军组织的招飞体检。同学们跃跃欲试，谁都可以报名，但谁都没信心。因为自学校成立以来，年年参加飞行体检，却从来没有人被录取过。大家都知道招飞体检要求严、标准高，但是，我们这些正处在做梦年龄的大男孩儿哪个不向往驾着战鹰遨游蓝天，当一个威风凛凛、人人羡慕的空军飞行员呢？就算通不过，也要去试一试！

　　于是我和同学一起报了名，也轻而易举地通过了学校和南阳地区组织的初检。这没什么可高兴的，因为每年都是初检通过一大堆，到全面体检时全县只有两三个甚至全军覆没。

　　盼望已久的全面体检终于来临了。我们乘长途汽车来到省会郑州，准备参加激烈的角逐。从小到大一直生活在农村的我第一次来到繁华的大都市，简直惊呆了，高楼大厦，霓虹闪烁，这样精彩的世界，我却只能坐在车上看看！"要是我能当上飞行员……"心里想着，暗暗为自己鼓劲：一定要全力以赴！

　　遗憾的是我的美梦还没做到一半就彻底破灭了。当我坐上电动转椅边摆头边

转动了60圈后，就感到天旋地转，头晕目眩，甚至还恶心，不多时就冒冷汗、呕吐。体检的女军医遗憾地对我说："小伙子，看来你不适合开飞机，要知道开飞机是不能有任何差错的。回去好好读书，考别的大学也一样。"

我的眼泪夺眶而出，默默地走回住处，对带队老师说我想一个人先回去。当晚我就坐火车到南阳，又转乘汽车回到学校。

回到课堂我无心学习，虽然失败是意料中的事，但我仍觉得不甘心。一天后，我隐约感到自己的身体状态比体检时好多了，会不会是因身体不舒服而遭淘汰？

我清楚地记得体检前一天晚上由于感冒，便吃了一粒康泰克。天哪，如果真是因为这，那我就太亏了！

正当我呆呆地抱怨命运的不公时，一个念头在我脑海中一闪而过：请求复检！

这在当时大多数人的眼里，简直是一个天大的玩笑。我自己也觉得是。因为除了带队老师，没有一个人能帮我说得上话，而带队老师的作用在体检中几乎可以忽略不计。而且我已经回来了，等我再赶去，说不定都结束了……但所有这些统统被我越来越强烈的念头压倒了：我一定要再试试！当机会还没有完全溜走时，我还可以回去，冲过去抓住它！

我立即找来一张稿纸，给主检官写了一封言辞恳切的信："主检官同志，我从700里外借路费赶来，因为我的一生中这样的机会只有一次，所以我要珍惜，请再给我一次机会……"

中午下了课我就向同学借了80元钱，怀揣那封信，下午从南阳坐火车，晚上赶到郑州。

到达住宿地点华豫宾馆后，却被告知我们县的带队老师和学生刚刚退房返校，这下傻眼了，本来还指望他帮我说说情的。没办法，只好先找地方住下。第二天一大早我就

赶到体检中心，一位学生告诉我："你们南阳地区的体检早结束了，现在是漯河和许昌地区。"又一记闷棍！这下难度更大了。

我鼓足勇气，硬着头皮敲开了主检官的办公室。年纪较大的主检官和几名中年军官不约而同地把目光投向我。由于紧张，我结结巴巴地无法流利表达。幸亏我早有准备，从怀里掏出课堂上写的那封信，递给那位老者。老者看完信后递给另一位军官看，并微笑着问："主检官同志，怎么样，能否再给一次机会？"军官点点头："那好吧。"

听到这句话，我欣喜若狂。主检官叫来一位年轻的军官，吩咐："把这个学生的体检表找出来，再让他试试。"于是，我的体检表又被从一堆将被销毁的废纸堆中扒了出来。

如我所料，转椅轻松过关，之后我一路过关斩将，几乎全是绿灯，毫无阻拦地通过了全面体检。3天后我一个人凯旋返校，同学们都伸出大拇指："真是士别三日，当刮目相看哪！"

就凭着那勇敢的再试一次，我考上了航空院校，几年后我有幸成为一名空军军官。

当机会将去未去时，不要被暂时的挫折击倒，鼓起勇气，再试一次！

心灵 寄语

很多时候，我们面对这一次次的失败，就会沉不住气，就会选择放弃。但是人生不可能一帆风顺，失败总多于成功。很多时候，我们都需要在黑暗中摸索很长时间，才能找寻到光明。

爱心旅途

平 南

因为一位老绅士，爱心撒满了杰恩斯的旅途。

杰恩斯是一位初出茅庐的画家，居住在西班牙的马约尔加岛。故事发生在杰恩斯的母亲到西班牙看望完他即将返回美国的那天。

一大早，母亲和杰恩斯气喘吁吁地把两个大旅行箱从公寓的四楼搬到路边，坐在箱子上等出租车。

马约尔加岛不是大城市，与华盛顿快节奏的生活截然不同，所以出租车比较少。他们无法通过电话叫车，只能在路边等着，不知道出租车何时才能来。

大约过了20分钟，从相反车道过来一辆出租车。杰恩斯立即起身招手，但他看到车内有乘客时就放下了手，出租车缓缓地驶了过去。然而，那辆车驶了30米左右就停住了，那位乘客——一位看起来颇有修养的老绅士下车了。

"噢，真幸运，那人正好在这里下车呀。"杰恩斯感到很高兴，他走到车旁，迅速把旅行箱装进车的后备箱。坐进车后，杰恩斯告诉司机："去机场。"并说，"我们真幸运，谢谢你。"

司机耸了耸肩，说："你们应该感谢那位老先生，他是特意为你们而早下车的。"

杰恩斯和母亲不解其意，于是司机又解释道："那位老先生本想去更远的地方，但是看到你们后就说，'我在这里下车，让那两位乘客上车吧。这么早拿着旅行箱站在路边，一定是去机场乘飞机的。如果是这样，肯定有时间限制。我反正没什么急事，我在这里下车，等下一辆出租车'。"

杰恩斯很吃惊，他恳请司机绕道去找那位老先生。

当车经过老先生身边时，杰恩斯从车窗大声向那位悠然地站在路边的老先生道谢。

老先生微笑着说："祝你们旅途愉快。"

后来，杰恩斯在给姐姐的信中这样写道："我对他人的体谅与那位老先生相比程度完全不同。我即使体谅他人，自己在心里也会想：能做到这点就不错了……"

心灵 寄语

在爱的世界里，爱的天平在爱和被爱中保持着平衡。在生活中，默默地为别人端一杯水，递一本书，甚至提前下车，把座位让给赶时间的人，多做一些力所能及的事，这个世界就会成为爱的海洋。

工地上的两垄葱

诗 槐

是谁在贫乏的生活中，给生命点缀了绿色的希望？

表弟在城里当民工，每天跟砖块、水泥、钢筋这些东西打交道，特别劳累。体力上勉强还能支撑，但饮食实在是差得很。每天三顿饭都是馒头，菜是白水煮菜叶，一点儿油花也看不到。

还好，工地旁边，也不知是谁家种了两垄葱，绿绿的、嫩嫩的，每到吃饭的时候，民工们就去拔些，回来就着馒头吃。

表弟说，刚开始的时候，拔葱就像做贼，生怕被城里人逮着，让人奚落一顿，或是被打一顿。然而，每次吃饭的时候，他们又抵不住诱惑，因为有这几根葱，饭就香甜许多。

有一天中午，他们拔葱的时候，被一个骑着三轮车拾荒的妇女盯着看了半天。表弟见是她，不慌不忙从地里走出来。这个妇女经常来工地上拾荒，废旧的铁丝、破纸盒，都是她的宝贝。

表弟说："也不知是谁家种的葱，就着馒头吃，挺好的。"

她"哦"了一声，点点头，说："也是的，也是的。"

就这样，葱一天比一天少了。有一天中午，他们去拔葱的时候，发现旁边又新种了几垄，土还蓬松着呢。

有一天下雨，工地停工，表弟和工友就在四周转悠，以此来打发时间。他在工地东北角发现了一个窝棚，窝棚里住的就是那个拾荒的妇女。她正坐在门口，还有一个小孩儿在玩耍。表弟进去坐了一会儿，知道他们一家人从河南来，住在这里已经四五年了。她的儿子和媳妇一早出去拾荒，还没有回来，留下她照看小孙子。妇女问了表弟一些情况，末了，拍着表弟的肩膀说："小伙子这么小就出来，真不容易啊。"表弟低下了头，眼中闪着泪花儿，感受到一股母爱般的温暖。

让人感到蹊跷的是，葱快拔完的时候，总会有新的葱种上。因为这些葱，表弟和工友为伙食高兴了一个夏天。后来，表弟他们搬到另一个工地干活时，还有几垄葱旺盛地长着。工友们都说，这几垄葱估计能长大。

初秋刚过，表弟和几个工友回工地搬运施工机械。返回时，他漫不经心地往那块葱地扫了一眼。一个头发蓬乱的人，正蹲在那里收获所剩不多的葱。虽然是个背影，但表弟还是看出来了。是她，那个卑微的拾荒女人。原来，是她在一整个夏天，一茬一茬地种下葱，默默地照顾着工地上的工人们，让他们嚼出了生活的快乐。

心灵 寄语

爱，是无处不在的恩惠。失落时的一句安慰，陌生人的一个微笑，远行前的叮嘱，电话那头熟悉的问候，以及工地上的两垄葱……这些小小的恩惠会使人感到快乐，多了一分奋斗前行的勇气。

寻找生命的意义

千 萍

没有太阳，花朵不会开放；没有爱，生命就会枯萎。

一位通达的老太太正带着家人在伊豆山温泉旅行。此时恰逢有个名叫乔治的十七岁少年在伊豆山投海自杀，被警察救起。这个少年是美国黑人与日本人的混血儿，他愤世嫉俗，末路穷途。老太太到警察局要求和青年见面。警察知道老太太的来历，就同意她和青年谈谈。

"孩子，"她刚开口，乔治就扭过头去，像块石头，全然不理。老太太用安详而柔和的语调继续道："孩子，你可知道，你生来是要为这个世界做些除了你以外没人能办到的事吗？"

她反复说了好几遍，少年突然回过头来，说道："你说的是像我这样一个黑人？连父母都没有的孩子？"

老太太不慌不忙地回答："对！正因为你肤色是黑的，正因为你没有父母，所以，你能做些了不起的妙事。"

少年冷笑道："哼，当然啦！你想我会相信这一套？"

"跟我来，我让你自己瞧。"她说。

老太太把乔治带回小茶室，叫他在菜园里打杂。虽然生活清苦，她对少年却爱护备至。生活在茶室中，身处草木苍郁的环境，乔治慢慢地变得心平气和了。

老太太给了他一些生长迅速的萝卜种子，种下十天后，萝卜发芽长叶了，乔治得意地吹着口哨。他又用竹子自制了一支横笛，吹奏横笛自娱自乐。老太太听了称赞道："除了你，没有人为我吹过笛子。乔治，真好听！"

少年似乎渐渐有了生气，老太太便把他送到高中念书。在求学那四年中，他继续在菜园内种菜，也帮老太太做点儿零活。高中毕业后，乔治白天在地下铁道工地做工，晚上在大学夜间部深造。大学毕业后，他在盲人学校任教，对那些失明的学生非常关爱。

"现在，我已相信，真有别人不能而只有我才能做的妙事了。"乔治对老太太说。

"你瞧，对吧？"老太太说，"你如果不是黑皮肤，如果不是孤儿，也许就不能领悟盲童的苦处。只有真正了解别人痛苦的人，才能尽心为别人做美妙的事情。你十七岁时，最需要的就是有人爱惜你。因为没有人爱惜，所以那时想死，是吧？你大声呐喊，说你要的根本不可能得到，根本就不存在——可是后来，你自己却有了爱心。"

乔治心悦诚服地点点头。

老太太意犹未尽，继续侃侃而谈："尽量爱护自己的快乐。等到你从别人脸上看到感激的光辉，那时候，甚至像我们这样行将就木的人，也会感到活下去的意义。"

心灵寄语

爱是阳光，给人温暖光明；爱是大树，给人遮风挡雨。少年单薄的生命，因为有了老太太的爱的激励，才有了生活的动力、挑战的勇气，学有所成后又惠及他人。生命的意义，就是怀着爱心活着，爱别人，也爱自己。

带刺的玫瑰

雨 蝶

当你欣赏玫瑰的美丽时，别忘了它还有伤手的刺。

拉尔夫·维克七岁了。他特别爱哭，如果得不到想要的东西，他就会哭着说："我要得到它。"

一天，拉尔夫·维克和他的妈妈去田野里劳动。这一次，拉尔夫决心做个好孩子。

他的脸上布满了微笑，对妈妈许诺："我愿意按你的吩咐去做事。"

"那好吧。"妈妈回答。

于是，他们开始扔干草，正像拉尔夫所说的那样，他卖力地工作着，虽然很辛苦，但他非常快乐。

"你现在肯定累了吧？"妈妈说，"在这儿坐一会儿，我会送给你一枝漂亮的红玫瑰。"

"噢，妈妈，我想要一枝。"拉尔夫说。

妈妈便拿来一枝红玫瑰给了他。

拉尔夫非常喜欢这枝花，不时深深吸几下醉人的香气。抬起头的时候，他看到妈妈手上还有一枝白色的玫瑰，那枝白色的玫瑰看上去似乎更加娇艳美丽。于是，拉尔夫央求妈妈把那枝白色的玫瑰也送给他。

"不，亲爱的，"妈妈说，"你没看见它的枝上有很多刺吗？假如你不小心，你的手一定会被弄伤的。"

"不，妈妈，我更喜欢这枝白色的！"拉尔夫态度很坚决。

可是，妈妈并没有理会他的要求，丝毫没有满足他的意思。当拉尔夫意识到自己无法得到那枝白玫瑰时，便大喊大叫起来，而且还伸手去抓那枝白玫瑰。他刚一碰到花枝，手指就被狠狠地刺伤了。

这件事在拉尔夫脑海里留下了深深的印记。

从此，每当他想要他不该要的东西时，妈妈就会指着他受过伤的手，提醒他不要忘记那次深刻的教训。拉尔夫也最终学会了做他该做的事情。

心灵寄语

幸福的最大障碍就是期望拥有更多。追求华而不实的东西，也许潜藏着未知的风险。理性地看待自己的需求，克制自己的贪欲，便能知足常乐。

两只麻袋

忆 莲

两只麻袋，一只代表辛酸的母爱，一只代表沉重的父爱。

他是个抢劫犯，入狱一年了，从来没人看过他。

看着别的犯人隔三岔五就有人来探监，他羡慕极了。于是，他就给父母写信，让他们来看看自己。

在无数封信石沉大海后，他明白了，父母抛弃了他。伤心绝望之余，他又写了一封信，说如果父母再不来，将永远失去这个儿子。这不是说气话，几个重刑犯拉他一起越狱不是一两天了，他一直下不了决心。现在爹不亲娘不爱，还有什么好牵挂的？

这天天气特别冷。他正和几个重刑犯密谋越狱，忽然，有人冲他喊道："有人来看你！"会是谁呢？进探监室一看，他惊呆了，是妈妈！一年不见，妈妈变得都认不出来了。才五十开外的人，头发全白了，腰弯得像虾米，人瘦得不成形，衣裳破破烂烂，一双脚竟然光着，满是污垢和血迹，身旁还放着两只破麻布口袋。

娘儿俩对视着。没等他开口，妈妈浑浊的眼泪就流出来了："孩子，信我收到了，别怪爸妈狠心，实在是抽不开身啊，你爸……又病了，我要照顾他。再说路又远……"

这时，指导员端着一大碗热腾腾的鸡蛋面进来了："大娘，吃口面再谈。"

妈妈忙站起身："使不得，使不得。"

指导员把碗塞到妈妈手中，笑着说："我娘也就您这个岁数了，娘吃儿子一碗面不应该吗？"

妈妈不再说话，低下头"呼啦呼啦"吃起来，吃得那个快那个香啊，好像多少天没吃饭了。

等妈妈吃完，他看着她那双又红又肿、裂了许多血口的脚，忍不住问："妈，你的脚怎么了？鞋呢？"

还没等妈妈回答，指导员冷冷地接过话："你妈是步行来的，鞋早磨破了。"

步行？从家到这儿有三四百里路，而且很长一段是山路！他蹲下身，轻轻抚摸着那双不成形的脚："妈，你怎么不坐车啊？怎么不买双鞋啊？"

妈妈赶忙缩起脚，装着不在意地说："走路挺好的，唉，今年闹猪瘟，家里的几头猪全死了，庄稼收成也不好，还有你爸……看病……花了好多钱……你爸身子好的话，我们早来看你了，你别怪爸妈。"

他低着头问："爸的身子好些了吗？"

他等了半天不见回答，头一抬，却看到妈妈正在擦眼泪："沙子迷眼了。你问你爸？噢，他快好了……他让我告诉你，别牵挂他，好好改造。"

探监时间到了。指导员进来，手里抓着一大把票子，说："大娘，这是我们几个管教人员的一点儿心意，您可不能光着脚走回去了！"

妈妈双手直摇，说："这哪成啊，娃儿在你这里，已够你操心的了！"

指导员声音颤抖着说："做儿子的，不能让您享福，反而让老人担惊受怕，让您光脚走几百里路来这儿，如果您再光脚走回去，这个儿子还算个人吗？"

他撑不住了，声音嘶哑地喊道："妈！"就再也发不出声了。此时窗外也是泣声一片，那是指导员喊来旁观的犯人们发出的。

这时，有个狱警进了屋，故作轻松地说："别哭了，妈妈来看儿子是喜事啊，让我看看大娘带了什么好吃的。"他边说边拎起麻袋就倒，顿时，所有的人都愣住了。

第一只麻袋倒出的，全是馒头、面饼什么的，四分五裂，硬如石头，而且个个不同。不用说，这是妈妈一路乞讨来的。

妈妈窘极了，双手揪着衣角，喃喃地说："别怪妈做这下贱事，家里实在拿不出什么东西……"

他像没听见似的，直勾勾地盯住第二只麻袋里倒出的东西，那是一个骨灰盒！他呆呆地问："妈，这是什么？"

妈妈神色慌张，慌忙伸手要抱住那个骨灰盒："噢……没……没什么……"

他发了疯似的，从母亲手里抢过了骨灰盒，浑身颤抖地问道："妈，这是什么？！"

妈妈无力地坐了下去，花白的头发剧烈地抖动着。好半天，她才吃力地说："那是……你爸！为了攒钱来看你，他没日没夜地打工，身子给累垮了。临死前，他说生前没能来看你，死后一定要我带他来，看你最后一眼……"

他发出撕心裂肺的一声长嚎："爸，我改……"接着，他"扑通"一声跪了下去，一个劲儿地用头撞地。"扑通……扑通……"只见探监室外跪倒一片，痛哭声响彻天空……

如果有爱的灌溉，心的荒漠也会变成绿洲。再没有一种爱比父母之爱更伟大、厚重。当春天来临的时候，苏醒的心灵会体会到生命和自由的可贵。

忘带的作业

雁 丹

安娜去学校的时候忘了带作业，于是，她给妈妈打电话，让妈妈把作业送到学校。

没想到，妈妈却让她自己回家取。

安娜有点儿恼火，觉得妈妈在危急关头让自己走回家拿作业的做法一点儿也不通情达理。何况，这样准会耽误课程，老师也会不高兴。

但妈妈和老师通了电话，坚持让安娜自己回家取作业。

妈妈把作业放在门口，然后，自己开始打扫房间。安娜生气地回家取了作业，希望妈妈能开车送她回学校。

不料妈妈根本就不理会她的请求，只是若无其事地说："宝贝，我忙着呢。"

放学后，妈妈估计安娜的火气差不多消了，才说："我很爱你，宝贝，你知道吗？"

安娜承认了这一点。妈妈又说："亲爱的，我这样做是为了你好，你知道吗？"

安娜赌气地说："我忘了带作业，你又不肯送去，我想你是不把我当回事。"

"孩子，让我们来看一看，你为什么忘了带作业。"

"我慌慌张张地赶校车，就忘了。"

"你忘了带作业，感觉不是太好，对吗？那么你从今天的事情中学到了什么没有？"

安娜想了想，回答道："我想，我下次一定会把作业先放到书包里去。"

妈妈接着提示她："还有没有别的办法？"

安娜又想了一会儿，说："我可以在闹钟一响就起床，不至于那么紧张。"

"如果我把作业给你送去，你不是就学不到这些东西了吗？"妈妈反问安娜。

心灵寄语

凡事都依赖别人，也就失去了学习自立的机会。在这个充满竞争的社会里，只有学会自立，才能踏踏实实地走稳每一步，赢得更加精彩的人生。

孩子无罪

采 青

　　有一种人性中最美丽的语言，可以使人放下怨恨，而代之以爱。

　　这是一个真实的故事，讲的是第二次世界大战以后的事情。一个纳粹战犯被处决了，他的妻子因为无法忍受众人的羞辱，吊死在了自家窗户外面。第二天，邻居们走了出来，一抬头，就看见了那个可怜的女人。窗户开着，她两岁大的孩子正伸出手向悬挂在窗框上的母亲爬去。眼看另一场悲剧就要发生了，人们屏住了呼吸。

　　这时，一个叫艾娜的女人不顾一切地向楼上冲去，把危在旦夕的孩子救了下来。她收养了这个孩子，而她的丈夫，是因为帮助犹太人被这个孩子的父亲当街处决的。街坊邻居们没有人理解她，甚至没有人同意让这个孩子留在他们的街区，他们让她把孩子送到孤儿院去或者把孩子扔掉。艾娜不肯，便有人整日整夜地向她家的窗户扔秽物，辱骂她。她自己的孩子也对她不理解，他们动不动就离家出走，还伙同他人向母亲扔石头。可是，艾娜始终把那个孩子紧紧抱在怀里，她说得最多的话就是："你是多么漂亮啊，你是个小天使。"

　　渐渐地，孩子长大了，邻居们的行动已经不再偏激了，但是还是常有人叫这

个孩子"小纳粹"，同龄的孩子都不跟他玩。他变得性格古怪，常常以破坏他人财物为乐。直到有一天他打断了一个孩子的肋骨，邻居们瞒着艾娜把他送到了十几里外的教养院。

半个月后，几乎快发疯的艾娜终于找回了孩子。在愤怒的邻居们面前，艾娜紧紧护着孩子，嘴里喃喃自语："孩子无罪。"

孩子就是在那时知道了自己的身世，他痛哭流涕、悔恨万分。艾娜告诉他，最好的补偿就是真心地帮助大家。从此以后，他发愤图强，样样事都做得很好。中学毕业时，他收到了这一生最好的礼物：他的邻居们每家都派了代表来参加他的毕业典礼。

心灵寄语

战争之所以可恶，是因为它破坏了社会的和谐，让完整的家庭变得残缺，让善良的人性扭曲。要重建心灵的家园，就必须忘记仇恨，以宽容为砖、仁慈为瓦，不伤害无辜者。宽容别人，也就是善待自己。

爱的胜利

　　许多时候"爱"是永恒不败的。对亲人和朋友的关爱可以使人付出一切努力，只要心中充满爱，所有的困难都会迎刃而解；只要心中充满爱，所有的挫折都不会阻挡你前进的脚步。

心灵契约

亦　白

　　吉姆和露西是一对兄妹，哥哥8岁，妹妹5岁。露西刚出生不久，他们的母亲就去世了，父亲辛辛苦苦抚养他们长大，一家人的日子过得虽然清贫，却充满了欢乐。

　　儿童节快到了，父亲打算给兄妹俩每人买一双鞋。因为吉姆的那双鞋已经穿了半年了，而露西的那双也破了一道口子。尽管这个月已经透支了下个月的部分工资，但父亲还是决定，要让孩子们过个快快乐乐的节日。

　　星期六晚上，父亲宣布：兄妹俩将各自得到一双鞋。两个孩子高兴极了，小脸上洋溢着满足和欢乐。

　　第二天一早，兄妹俩早早地起床，叫醒了父亲，一家人直奔曼哈顿街区的皮鞋市场。

　　他们来到一家不大的皮鞋店。这家店人不多，鞋子也不是很贵，父亲还是承担得起这笔花费的。但是他们在这里没有挑到合适的鞋，因此准备离开。就在他们要跨出门槛的时候，店内的老板娘突然叫道："站住，我的钱刚刚丢了，肯定是你们拿了！"

父亲和两个孩子惊异地转过身，不明白到底发生了什么事。

老板娘气急败坏地叫道："肯定是你们拿了我的钱，我刚刚看见她走到柜台那儿了。"老板娘手指着露西，用恶狠狠的眼神盯着她。

父亲看了一眼露西，她不知所措地站在那儿，脸蛋儿涨得通红，眼眶里满是泪水。

父亲转过身去看着老板娘，用坚定的语气说："太太，你肯定是弄错了，我的孩子从不偷东西。"

"你们这是在抵赖！刚才店里就只有你们三个人，而且我明明看见她刚才凑到那儿去了。"老板娘恶狠狠地看着露西，坚决不肯让步。

父亲说道："如果你坚持这么看的话，我们不妨上柜台那儿看看。"说着，父亲就带着兄妹俩向柜台走去。

一台风扇从柜台后面吹来凉爽的风。父亲看了看露西，问道："孩子，你刚才来过这里吗？"

露西眉头紧蹙，过了一会儿，才嗫嚅道："是的，但是我不是来偷钱……我觉得这儿很凉爽……"

露西的话音未落，老板娘又大叫起来："就是她干的……你们休想抵赖！"

父亲看着快要吓哭了的露西，转身问老板娘："请问，你丢了多少钱？"

"10美元。"

父亲从钱包里掏出10美元，放在柜台上说："我敢肯定我的孩子没偷，但既然你丢了10美元，我来弥补你的损失。"

老板娘毫不客气地收起钱，说道："偷了就得赔，还找什么借口。"

兄妹俩跟在父亲身后出了鞋店。这一天他们没买鞋，但父亲允诺他们，等下个月发了工资就给他们补上。露西从父亲充满爱意的眼神里，明白了父亲是相信自己的。

过了十来天，父亲上班时路过这家皮鞋店，突然听到店里有人冲他打招呼。他扭头一看，只见老板娘满脸带笑地说："你好，真对不起，上次你们来买鞋，我冤枉了你们……后来我在柜台后面找到了钱，这是赔你们的10美元。"

父亲接过10美元，脸上露出了欣慰的笑容，他决定马上就给露西买一双漂亮的皮鞋。

心灵寄语

人与人之间的彼此信赖，是医治心病的良药，也是最贴心的礼物。当你因被人误解和中伤而难过时，别人的信任就是最好的安慰。在露西心里，那双迟到的漂亮皮鞋，是爸爸信赖她的标志。

爱的胜利

天 云

自从父亲不幸身亡后，10岁的玛莎只有和姐姐相依为命。明天就是圣诞节了，疾病缠身的姐姐，掏出家里仅有的 5 美元递给玛莎，让她上街给自己买点礼物。

玛莎却拿着钱去找奥克多医生，她把 5 美元递给医生，小声请求道："奥克多先生，您能再帮我姐姐做一次腰椎按摩治疗吗？"奥克多轻轻摇了摇头，无奈道："玛莎，5 美元不够的——最少也得 50 美元……"玛莎失望地走出了诊所。

大街的一角围了一些人，玛莎挤进去一看，是一个街头的轮盘赌。轮盘上依次刻着 26 个阿拉伯数字，这些数字也依次对应着 26 个英文字母。不管你押多少钱，也不管你押什么数字，只要轮盘转两圈后，指针能停在你的选择上，那么你都将获得 10 倍的回报。

轮盘赌的主人拉莫斯冲玛莎挥挥手，示意她让开。玛莎却没有退缩，她犹豫了一会儿，把手中的 5 美元放在了第 12 格上。轮盘转两圈后，停在了第12格，玛莎的 5 美元变成了50美元。轮盘再次旋转前，玛莎把 50 美元放在了第15格。玛莎又赢了，50美元变成了500美元。人们开始注意玛莎。拉莫斯问："孩子，你

还玩吗？"玛莎把500美元放在了第22格。结果，她拥有了5000美元。拉莫斯的声音颤抖了："孩子，继续吗？"玛莎镇定地把5000美元押在了第5格，所有的人都屏住了呼吸。不到一分钟，有人忍不住惊呼："上帝啊，她又赢了！"拉莫斯快哭了："孩子，你……"玛莎认真说道："我不玩了，我要请奥克多先生为我姐姐按摩——我爱我的姐姐！"

玛莎走后，有人开始计算连续四次猜对的概率有多少。拉莫斯则像呆了似的凝视着自己的轮盘，突然，他痛哭道："我知道我输在哪里了，这孩子是用'爱'在跟我赌哇！"人们这才注意到，玛莎投注的12、15、22、5四个数字，对应的英文字母正是L、O、V、E！

心灵 寄语

许多时候"爱"是永恒不败的。对亲人和朋友的关爱可以使人付出一切努力，只要心中充满爱，所有的困难都会迎刃而解。只要心中充满爱，所有的挫折都不会阻挡你前进的脚步。

我让你依靠

梦 巧

　　郭老师高烧不退，经透视发现胸部有一个拳头大小的阴影，医生怀疑是肿瘤。

　　同事们纷纷去医院探视。回来的人说有一个女的，叫王端，特地从北京赶到唐山来看郭老师，不知是郭老师的什么人。又有人说：那个叫王端的可真够意思，一天到晚守在郭老师的病床前，喂水喂药端便盆，看样子跟郭老师可不是一般关系呀。就这样，去医院探视的人几乎每天都能带来一些关于王端的花絮，不是说她头碰头给郭老师试体温，就是说她背着人默默流泪，更有人讲了一件令人不可思议的奇事，说郭老师和王端一人拿着一根筷子敲饭盒玩，王端敲几下，郭老师就敲几下，敲着敲着，两个人就神经兮兮地又哭又笑。心细的人还发现，对于王端和郭老师之间所发生的一切，郭老师的爱人居然没有丝毫醋意表现出来。

　　十几天后，郭老师的病得到了确诊，肿瘤的说法被排除。不久，郭老师就喜气洋洋地回来上班了。有人问起了王端的事。

　　郭老师说："王端是我以前的邻居。大地震的时候，王端被埋在了废墟下面，大块的楼板在上面一层层压着，王端在下面哭。邻居们找来木棒铁棍撬那楼

板，可怎么也撬不动，就说等着用吊车吊吧。王端在下面哭得嗓子都哑了，她怕呀。她父母的尸体就在她的身边。天黑了，人们纷纷谣传大地要塌陷，于是就都抢着去占铁轨，只有我没动。我家就活着出来了我一个人，我把王端看成了可依靠的人，就像王端依靠我一样，我对着楼板的空隙冲下面喊："王端，天黑了，我在上面跟你做伴，你不要怕呀……现在，咱俩一人找一块砖头，你在下面敲，我在上面敲，你敲几下，我就敲几下。好，开始吧。"她敲"当当"，我便也敲"当当"，她敲"当当当"，我便也敲"当当当"……渐渐地，下面的声音弱了，断了，我也迷迷糊糊地睡去。不知过了多长时间，下面的敲击声又突然响起，我慌忙捡起一块砖头，回应着那求救般的声音，王端颤颤地喊着我的名字，激动得哭起来。第二天，吊车来了，王端得救了。那一年，王端11岁，我19岁。"

心灵 寄语

　　生活中确实有庸俗的成分，但你不能将生活庸俗化。生活本身比所有挖空心思的浪漫揣想都更迷人。一份纯洁无瑕的情谊是人一生中最大的财富。

35次紧急电话

小 真

35次紧急电话，让奥达克余百货公司赢得人心。

一次，一名叫基泰丝的美国记者来到日本东京的奥达克余百货公司。她买了一台索尼牌唱机，准备作为见面礼，送给住在东京的婆婆。售货员彬彬有礼，特地为她挑了一台包装未启封的机子。

回到住所，基泰丝开机试用时，却发现该机没有装内件，因而根本没法使用。她不由得火冒三丈，准备第二天一早就去奥达克余百货公司交涉，并迅速写好了一篇新闻稿，题目是《笑脸背后的真面目》。

第二天一早，基泰丝在动身之前，忽然收到奥达克余百货公司打来的道歉电话。50分钟后，一辆汽车赶到了她的住处。从车上下来的是奥达克余百货公司的副经理和提着大皮箱的职员。两人一进客厅便俯首鞠躬，表示特意来道歉。两人除了送来一台新的合格唱机外，又加送蛋糕一盒、毛巾一套和著名唱片一张。

接着，副经理又打开记事簿，宣读了一份备忘录。上面记载着公司通宵达旦地纠正这一失误的全部经过。

原来，头一天下午4点30分清点商品时，售货员发现错将一个空心货样卖给了

顾客。她立即报告公司警卫迅速寻找，但为时已迟。经理接到报告后，马上召集有关人员商议。当时只有两条线索可寻，即顾客的名字和她留下的一张"美国快递公司"的名片。据此，奥达克余百货公司连夜展开了一连串无异于大海捞针的行动：打了35次紧急电话，向东京各大宾馆查询，没有结果。再打电话问"美国快递公司"总部，深夜接到回电，得知顾客在美国父母的电话号码。最后，他们终于弄清了这位顾客在东京期间的住址和电话。

这一切使基泰丝深受感动。她立即撤掉了那篇批评稿，重写了新闻稿，题目叫作《35次紧急电话》。

《35次紧急电话》见报后，反响强烈，奥达克余百货公司因一心为顾客而声名鹊起，门庭若市。

后来，这个故事被美国公共关系协会推荐为世界性公共关系的典范案例。

心灵寄语

奥达克余百货公司主动承担责任，积极主动解决问题，不掩盖失误，不回避事实，这种诚实和负责的态度及作风，是公司获得顾客认可的重要条件。因为，以信誉为生命，永远都是成功的经营之道。

废墟上的奇迹

凌 荷

在土耳其旅游途中，巴士行经1999年大地震的地方，导游趁此说了一个感人却也感伤的故事。

地震后，许多房子都倒塌了，各国来的救援人员不断搜寻着可能的生还者。两天后，他们在缝隙中看到一幕不可置信的画面——

一位母亲用手撑地，背上顶着不知有多重的石块，一看到救援人员便拼命哭喊着："快点救我的女儿，我已经撑了两天，我快撑不下去了……"

她 7 岁的小女儿，就躺在她用手撑起的安全空间里。

救援人员大惊，卖力地搬移上面、周围的石块，希望尽快解救这对母女，但是石块那么多、那么重，怎么也无法快速到达她们身边。

媒体到这儿拍下画面，救援人员一边哭、一边挖，辛苦的母亲一面苦撑等待着……

透过电视、透过报纸，土耳其人都心酸地掉下泪来。

更多的人，放下手边的工作投入救援行动。

救援行动从白天进行到深夜，终于，一名高大的救援人员够着了小女孩儿，

将她拉出来，但是……女孩儿已经气绝多时。

母亲急切地问："我的女儿还活着吗？"

以为女儿还活着，是她苦撑两天的唯一理由和希望。

这名救援人员终于受不了，放声大哭："对，她还活着，我们现在要把她送到医院急救，然后也要把你送过去！"

他知道，如果母亲听到女儿已死去，必定失去求生意志，松手让土石压死自己，所以骗了她。母亲疲惫地笑了，随后，她也被救出送到医院，她的双手一度僵直无法弯曲。

隔天，土耳其报纸头条是一幅她用手撑地的照片，标题《这就是母爱》。

长得壮硕的导游说："我是个不轻易动感情的人，但是看到这篇报道，我哭了。以后每次带团经过这儿，我都会讲这个故事。"

心灵寄语

信念能创造出奇迹，这已是一个不争的事实。故事中的母亲之所以能支撑起巨大重量的石块，在于她心中的信念——女儿。在现实中，信念的树立和坚持，不仅能扫除所有的阴霾，而且也会创造出一方天地！

诚实更重要

平 南

　　门德尔松是德国著名的音乐家、钢琴家，被誉为浪漫派作曲家中的抒情风景画大师。他自幼喜爱音乐，长大后以音乐为职业，并推进了初期浪漫派音乐的发展。1843年，他创办了德国第一所音乐学院——莱比锡音乐学院。他创作著名的《仲夏夜之梦序曲》时，只有17岁。

　　有一年，门德尔松到英国作访问演出。维多利亚女王特别欣赏他，为了欢迎他的到来，特地在白金汉宫为他举行了一场盛大而隆重的招待会。

　　在招待会开始的时候，女王亲自致贺词，她在贺词中提到了门德尔松的《伊塔尔兹》，并说："单凭这一首曲子，就足以证明他是一位天才。"

　　大家本以为门德尔松听到赞扬后会非常高兴，可事实却恰恰相反，他面红耳赤，显得很不自然，动作也极不协调。在场的人看到门德尔松的反应，都感到很奇怪。

　　原来，在那个时代，人们对女艺术家存有很大的偏见。妹妹芬妮创作出这首曲子后，门德尔松和妹妹经过研究决定，将这首曲子以门德尔松的名字发表。这样，曲子才容易受到大众的青睐，而不至于因为它是由女作曲家创作的而产生偏见。就这样，《伊塔尔兹》这首曲子发表了。除了他们兄妹，没有人知道事情的真相。

女王致完贺词后，门德尔松局促不安地走上前去，以极其认真而诚实的态度对女王说："尊敬的女王陛下，那首曲子其实并不是我创作的，它是我妹妹芬妮的作品。很抱歉，我必须向您说清楚，否则，我会羞愧一辈子。"

女王听了门德尔松的话说："我很敬佩你，因为你有一种好品质，那就是诚实！"

心灵寄语

金钱、名利和地位不是永恒的，而良好的品质却能流芳百世。门德尔松的诚实，就像一颗纯洁无瑕的夜明珠，在黑夜里放射出至真、至纯的光芒，他赢得了女王的敬佩，也创造了音乐史的佳话。

一包巧克力饼干

恨 雁

我不介意别人和我一起分享巧克力饼干，虽然那饼干未必是我的。

那天，我去伦敦买了一些东西，然后搭乘出租汽车去了滑铁卢车站。等我到火车站的时候，那趟列车已经开走了。

我只好再等下一趟火车。我买了一份晚报，走进车站的小卖部，要了一杯咖啡和一包巧克力饼干，在一个靠窗的座位坐下来，开始做报纸上登载的纵横填字游戏。

过了几分钟，有一个人坐在了我的对面。我没说话，继续边喝咖啡边做我的填字游戏。

忽然，他伸过手来，打开我那包饼干，拿了一块在他的咖啡里蘸了一下，然后放进嘴里。

我简直难以相信自己的眼睛，吃惊得说不出话来。

不过，我总是尽量避免惹一些不必要的麻烦，也不想大惊小怪。于是，我决定不予理会。我也拿了一块饼干，喝了一口咖啡，仍然做我的填字游戏。

这人拿第二块饼干时，我既没抬头也没吱声。我假装对填字游戏特别感兴

趣。

　　过了几分钟，我不在意地伸出手去，拿来最后一块饼干，瞥了这人一眼。

　　当时，他正对着我怒目而视，好像我欠了他什么似的。

　　我有点儿紧张，把饼干放进嘴里，决定离开这个是非之地。

　　正当我准备站起身来走的时候，那人突然把椅子往后一推，站起来匆匆地走了。

　　我感到如释重负，准备过两三分钟再走。

　　我喝完咖啡，折起报纸，站起身来。突然间，我发现就在桌上，我原来放报纸的地方，摆着我的那包饼干。

　　我满脸通红，无法掩饰自己的窘迫，匆忙逃离了小卖部，刚才喝的咖啡马上都变成汗水流了出来……

心灵寄语

　　责怪别人之前，应先审视自己。即使责任在对方，我们也可以以更宽阔的胸怀去面对。豁达是一种生存的智慧和生活的艺术，能帮助我们从容地面对人生。

山崖上的生死之爱

冷 柏

　　一对老夫妻悄悄离开旅游团，相携到山崖上去看夕阳，两位老人如痴如醉地欣赏着美景，突然，她感到身边有一个东西在往下坠落，她下意识地伸手拉了一把，拉住的正是她的丈夫。她拉住他的衣领，拼命地往上拉，但无论她怎么努力，都无济于事。他悬在山崖上也不敢随意动弹，否则两个人都会同时摔落谷底，她拉着他实在有些支撑不住，她的手麻木了，胳膊又肿又胀，仿佛随时都会和身子断裂，她意识到瘦弱的胳膊根本拉不住他太重的身体，她只能用牙死死咬住他的衣领，坚持到最后一刻，她企盼有人突然出现使他们绝处逢生。

　　他悬在山崖上，就等于把生命钉在鬼门关上，在这日落西山的傍晚，有谁会来到山崖上？意识到这一点后，他说："放下吧。"

　　她紧咬着牙关无法开口，只能用眼神示意他不要吱声。

　　一分钟过去了，两分钟过去了，三分钟过去了……

　　冥冥中，他感到有热热的黏黏的液体滴在他身上。他敏感地意识到是血从她的嘴里流出来，还带有一种咸咸腥腥的味道。他又一次央求她："求你了。放下我吧!有你这片心意我就知足了……"

她仍死死咬住他的衣领无法开口说话，她只能用眼神再次阻止他不要挣扎。

半小时过去了，一小时过去了。

他感到有大粒大粒的热热的液体吧嗒吧嗒滴落在他脸上，他知道她七窍出血了，他肝肠寸断却无可奈何。他知道她在用一颗坚强的心和死神抗争。他深深地感到生命的分量此时此地显得无比的沉重。

不知过了多长时间，旅游团的人们举着火把找到了山崖，终于救下了他们。她在不远的一家医院里住了好几个月。

那件事发生以后，她的牙全都脱落了，并从此再也没有站起来。

他每天用轮椅推着她走在街上看夕阳。

他说："当初你干吗拼命救下我这个糟老头儿？你看你的牙！"

她喃喃地说："因为，我知道，我当时一松口，失去的不仅是你，也是我后半生的幸福。"

心灵 寄语

真正的幸福不在于保全自己，而是能够和自己喜欢的人共同生活。一个人孤独地生活即使再富足，他的心灵也是空虚的，也不会感到幸福。

态度决定人生

向 晴

  通用公司要裁员，名单公布了，有内勤部办公室的艾丽和密娜达。公司规定一个月后离岗。那天，大伙儿看她俩都小心翼翼，更不敢和她们多说一句话。因为，她俩的眼圈都红红的。这事摊到谁身上都难以接受。

  第二天上班，这是艾丽和密娜达在通用公司的最后一个月。艾丽的情绪仍很激动，谁跟她说话，她都"铳铳"的，像灌了一肚子的火药，逮着谁就向谁开火。裁员名单是老总定的，跟其他人没关系，甚至跟内勤部都没关系。艾丽也知道，可心里憋气得很，又不敢找老总去发泄，只好找杯子、文件夹、抽屉撒气。"砰砰"、"咚咚"，大伙儿的心被她提上来又摔下去，空气都快凝固了。

  艾丽仍旧不能出气，又去找主任诉冤，找同事哭诉："凭什么把我裁掉？我干得好好的……"眼珠一转，滚下泪来。旁边的人心里酸酸的，恨不得一时冲动让自己替下艾丽。自然，办公室订盒饭、传送文件、收发信件，原来属于艾丽做的，现在都无人过问。

  不久，听说艾丽找了一些人到老总那说情，好像都是重量级的人物，艾丽着实高兴了几天。不久又听说，这次"一刀切"谁也通融不了。艾丽再次受到打

击，气愤愤的，异样的目光在每个人的脸上刮来刮去。许多人开始怕她，都躲着她。

艾丽原来很讨人喜欢，但后来，她人未走，大家却有点儿讨厌她了。

密娜达也很讨人喜欢。同事们早已习惯了这样对她："密娜达，快把这个打一下，快点儿！""密娜达，快把这个传出去！"密娜达总是连声答应，手指像她的舌头一样灵巧。

裁员名单公布后，密娜达哭了一晚上，第二天上班也无精打采，可打开电脑，拉开键盘，她就和以往一样干开了。密娜达见大伙儿不好意思再吩咐她做什么，便特地跟大家打招呼，主动揽活。她说："是福跑不了，是祸躲不过，反正是这样了，不如干好最后一个月，以后想干恐怕都没机会了。"密娜达心里渐渐平静了，仍然勤快地打字复印，随叫随到，坚守在她的岗位上。一个月满，艾丽如期下岗，而密娜达却被从裁员名单中删除，留了下来。

主任当众传达了老板的话："密娜达的岗位，谁也无可替代；密娜达这样的员工，公司永远不会嫌多！"

心灵 寄语

面对任何不幸都要保持你的本性，不要因为遭遇一些意外而惊慌失措，失去你的本色。任何挫折和不幸都只是暂时的，只要保持本色就没有过不去的难关。

心胸开阔才是
做人的根本

秋　旋

　　8岁的帕科放学后气冲冲地回到家里，一进家门就使劲地跺脚。他的父亲正在院子里干活，看到帕科生气的样子，就把他叫了过来，想和他聊聊。帕科不情愿地走到父亲身边，气呼呼地说："爸爸，我现在非常生气。华金以后甭想再得意了。"帕科的父亲一面干活，一面静静地听儿子诉说。帕科说："华金让我在朋友面前丢脸，我现在特别希望他遇上几件倒霉的事情。"

　　他父亲走到墙角，找到一袋木炭，对帕科说："儿子，你把前面挂在绳子上的那件白衬衫当作华金，把这个塑料袋里的木炭当做你想象中的倒霉事情。你用木炭去砸白衬衫，每砸中一块，就象征着华金遇上一件倒霉的事情。我们看看你把木炭砸完了以后，会是什么样子。"帕科觉得这个游戏很好玩，便拿起木炭往衬衫上砸去。可是衬衫挂在比较远的绳子上，他把木炭扔完了，也没有几块扔到衬衫上。父亲问帕科："你现在觉得怎么样？"他说："累死我了，但我很开

心，因为我扔中了好几块木炭，白衬衫上有好几个黑印子了。"

父亲看到儿子没有明白他的用意，于是便让帕科去照照镜子。帕科在一面大镜子里看到自己满身都是黑炭，脸上只能看到牙齿是白的。父亲这时说道："你看，白衬衫并没有变得特别脏，而你自己却成了一个'黑人'。"

心灵 寄语

想让别人遇到倒霉的事情，结果最倒霉的事却落到了自己身上。有时候，我们的坏念头虽然在别人身上兑现了一部分，别人倒霉了，但是它们也同样在我们自己身上留下了难以消除的污渍。

先把泥点晾干

雪 容

　　德国军队向来以纪律严明著称。在一本德国老兵的回忆录中，我发现他们有一条耐人寻味的军规：一名士兵可以检举同伴的错误，被检举人也有权反驳，但如果长官发现检举和反驳的士兵曾在近期发生过冲突，那么两个人都会受罚。发生过冲突的人至少要等一周，等情绪完全冷静下来后，才可以告对方的状。

　　读研究生时，我的导师吉纳也经常告诫我们："不要一时冲动，成了情绪的奴隶。"有一年圣诞节，她送给我的礼物是一只咖啡杯，上面印着亚里士多德的一句名言："发脾气是值得赞扬的，如果你能做到：在适当的场合，向正确的对象，在合适的时刻，使用恰当的方式，因为公正的理由而发脾气。"

　　毕业后的一个雨天，我回系里探望吉纳教授，正赶上一名学生有急事要请教她，吉纳让我在外面的小客厅等她一会儿。小客厅和吉纳的办公室只隔了薄薄一道装饰墙，屋里的对话不时传进我的耳朵。那位同学声音激动，原来其他实验室的另一名研究生出言不逊，当众讽刺他理论过时，见解平庸，令他大为恼火。他不知道是该直接找那个学生论个明白，还是应该找对方的教授评理。他这次来，就是要征求吉纳的意见。

　　"年轻人，"我听见吉纳教授慢条斯理地说，"有时候，别人的言行是很难理解的。如果你不介意，让我给你一个小建议。批评和侮辱，跟泥巴没什么两样。你看，我大衣上的泥点，就是今早过马路时溅上的。如果我当时立即去抹，一定会搞得一团糟。所以我把大衣挂到一边，专心干别的事，等泥巴晾干了再去处理它，就非常容易了。瞧，轻轻掸几下就没事了。"

　　好恰当的比喻！老教授的处世智慧令人叹服。那个聪明的学生也顿时醒悟，连连道谢。吉纳最后说："我年轻时不善于控制情绪，深受其害。慢慢地我发现，最好的办法是先把让我恼火的事搁在一边，晾一会儿，等我冷静下来后，再去对付它们。如果你现在就去质问他，你会更生气，矛盾会更严重。我建议你等情绪的水分都蒸发掉了，再来想这件事。到那时，如果你还打算讨伐他，请再来找我。不过晾干水分后，你也许会发现那泥点也淡得找不到了！"

心灵 寄语

　　每个人都有被误解和被侮辱的时候，但凭一时的冲动和气愤去反驳并不会有任何效果，有时候还会使事情更加严重。可是当自己冷静下来后就会发现事情并没有想象中的那么糟糕。

案头放一盆沙子

凌 曼

　　大学毕业后，我到一家外资企业上班。我的工作有点儿像秘书，但大家都叫我"助理"。

　　在大学里，我出尽风头，也很高傲。从一个学生领袖到做别人的"助理"，我很难受，特别是老张小李什么的动不动就唤我去打杂时，我就会发无名的火，觉得很没尊严。我又不是奴才，凭什么指挥我干这个又做那个？不过，事后冷静一想，他们并没有错，我的工作就是这些"鸡毛"。刚进公司时，王经理也这么事先对我说过，但一涉及具体事情，我的情绪就有点儿失控。有时咬牙切齿地干完某事，又要笑容可掬地向有关人员汇报说："我做好了！"

　　有几次，还与男同事争吵起来。从此以后，我的日子更不好过了，他们几乎不理我，孤傲不成，倒是孤独了。

　　这天，女秘书小吴不在，王经理便点名叫我到他办公室去整理一下办公桌，并为他煮一杯咖啡。我硬着头皮去了。王经理是厉害的，可以说老奸巨猾，他一眼就看出我的不满，便一针见血地指出："你觉得很委屈是不是？你有才华，这点我信，但你必须从起点做起！"

我心里一惊，他竟懂我的心!我笑了笑，表示感谢。然后他叫我先坐下来，聊聊近况。可我身旁没有椅子呀!我总不能与他并排坐在双人沙发上吧?他到底在开什么玩笑?

这时，王经理意有所指地说："心怀不满的人，永远找不到一把舒适的椅子。"工作时难得见到他如此亲切慈祥的面孔，我放松了许多。原来，他不像一个"剥削者"，他更像我的一个合作伙伴，只不过，他是长辈，我需要尊重他。

手忙脚乱地弄好一杯咖啡后，我开始整理他的桌子。桌上有一盆黄沙，细细的，柔柔的，泛着一种阳光般的色泽。我觉得奇怪，这是干吗用的呢?又不种仙人球。

王经理伸手抓了一把沙，握拳，黄沙从指缝间滑落，很美!他神秘一笑："小罗，别以为只有你会心情不好，有脾气，其实，我跟你一样，但我已学会了控制情绪……"

原来，那一盆精致绝伦的沙子，是用来消气的，是他一位研究心理学的朋友送的。一旦想发火时，可以抓抓沙子，它会舒缓一个人紧张激动的情绪。这盆朋友送的礼物，已伴他从青年走向中年，也教他从一个鲁莽的少年打工人，成长为一名稳重、老练、理性的管理者。

我记住了王经理最后说的一句话：先学会管理自己的情绪，才会管理好其他的人。

心灵 寄语

愚蠢的人只会生气，聪明的人懂得去争气。一个人最重要的是要学会让自己强大起来，不要成天去计较一些鸡毛蒜皮的小事，这样最终伤害的是你自己。

活得快乐

人生就是一个不断实现自我的过程，但实现自我并不等于高收入。真正的实现自我是可以让自己在快乐中工作，在工作中得到快乐。一份不能使你快乐的工作你就没法把它做到最好。

心 态

靖 玉

　　乌鸦和喜鹊各占一个山头作为领地。乌鸦的山头长满各种各样的奇花异草，远远望去，是一座十分美丽的大花园。喜鹊的山头长着各种树木，绿树成荫，十分壮观。乌鸦时常望着对面的山想：还是喜鹊的山头好，自己的山头全是乱七八糟的草，没有一棵成材的东西。喜鹊望着对面的山头想：还是乌鸦的山头好，我这山头全是硬邦邦的大树，一点儿也不温馨。

　　乌鸦提出要同喜鹊换领地，这个想法正中喜鹊下怀，它们一拍即合，便交换了领地。

　　乌鸦飞到喜鹊的领地，一开始感到很新鲜，但不久便发现了新领地的不足，此地没花没草，太单调了，乌鸦很快就后悔了。喜鹊飞到乌鸦的领地后，一开始感到很满意，但不久发现没有高大的树木栖身，难受极了，它也后悔了。

　　为了不让对方发现自己后悔，它们白天装着快乐的样子，晚上却彻夜难眠，痛苦不堪。时间长了，它们都知道了对方的真实处境，但谁也不愿先点破。

　　于是痛苦便伴随了它们一生。

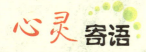

心灵 寄语

　　俗话说，这山看着那山高，有些东西得不到的时候感觉它是最美好的，想方设法要得到，而一旦拥有了，就会发现它的缺点和不足。生活中我们一定要知足常乐，珍惜现在拥有的一切，好好生活。

内心的缺陷

诗 槐

他逛完了野生动物园后，准备走出公园，谁想却误入狮子洞。这让他没有防备，显然他吓坏了。

他望着虎视眈眈、蹲在他眼前的狮子，不觉打了个冷战。狮子正好挡住了他的去路，看样子随时都会向他扑过来。他纳闷儿，狮子怎么会跑了出来？此刻，他的心脏狂跳不止，一阵紧似一阵，浑身缩成一团。他想，自己怎么这么倒霉，竟然不慎跌入狮子的大口。

狮子不动，他也不动。狮子就那么盯着他，他知道，他彻底完了。

那一刻，他想到家人，想到自己的曾经……总之，他想到了很多很多，是一种人生告别时的总结，也是一种惋惜。生命是何等的美好，而他的死法却是如此的滑稽……他似乎看到了自己死后的景象，人们争先恐后在买报纸，报上是他血淋淋的尸体和这只威猛的狮子。

可他稍一愣，就发现完全不对，他周围的人们神色自如，步履匆匆地从他身边走过，根本没有人理会这只狮子。狮子一直蹲在那里，一双眼睛死盯着前方。

他使劲甩甩头，终于醒悟过来，原来这是一只假狮子，并且很容易就会被辨认出来，只有他误以为是真的。他深深地喘一口气，觉得自己很可笑。他误认为的狮子洞，原来正是野生动物园的出口。

尽管他从陷入恐惧到缓过神来，不过短短的几秒钟，但他内心承认，他确实被这只假狮子吓得够呛——一场虚惊。

他去建筑工地采访一位包工头，一个民工往大厦上一指，示意包工头就在上面。他向大厦的高处望去，大厦最少也有25层，他有些目眩。他沿着木板铺成的梯子往上爬，还没有竣工的大厦仿佛到处都在颤抖，脚下的木梯发出就要断裂的吱呀声，整座大楼似乎随时都会塌陷下来。梯子的一些地方木板已经脱落，露出空空的一块，人必须跳过去才能前行。他每走一步都胆战心惊。

他缓慢地向上挪动，梯子的两边竟然没有扶手，惊恐中，梯子越来越窄，木板就像是虚掩着铺在梯子上的，根本不像用钉子固定的，不小心就有可能蹬翻。这一切让他心跳如鼓，两腿打战，他的感觉就像踩在巍峨万丈的高山之巅，脚下的峡谷深不见底。

汗水爬满他的脸颊，他后悔这么冒失地爬上来。此刻，他的脑子里再也没有别的，全是不慎坠落下去的可怕镜头，一个个惨烈的场面浮现在他的眼前，任凭他如何努力也挥之不去。

他哆嗦得越来越厉害，他实在经受不住。他想，最好还是退回去，可下去似乎比上来更难。他站在原地，颤抖的双腿，一步也迈不开了，他索性蹲下来，两手扶着脚下的木板，脸色苍白，很想呕吐。

就在这时，他的耳边响起一片楼板的颠覆声，脚下颤抖得像是大地震，整座大厦都在倾斜。他吓坏了，除了哆嗦，脑子里一片空白。待他抬起头来才发现，原来是3名工人正从梯子的上面走下来。3名工人并排的身影让他十分疑惑，原来楼板还是很宽的，可以并排走3个人。他往下看，他以为的万丈悬崖，原来也只有两层楼高。两边还有护网，就是真的掉下去，也不会有任何危险，就是真想自杀都难以如愿。

他明白，一切都是他的错觉。他缓缓神，努力站起来，尽量让自己放松。他知道自己的恐惧毫无道理，却依然无法消除这种恐惧。

很多时候，我们的内心会产生一种无名的胆怯，这种胆怯就是躺在床上也会出现，莫名其妙。它是一种判断上的误差，内心的惊厥，以及对事物的过分忧虑所导致的生理现象。这种内心的严重失调，让我们踌躇不前。

这种恐惧并非来自真实的客观世界，而是来自我们的内心，是由我们深藏不露的内心体验和自我的损伤所造成，而不是伸手就能触摸得到的现实世界。在我们面对惊吓、疑惑、误判、担忧所造成的阻碍时，我们最好冷静下来，问一问我们自己，我们的内心世界是否存在着某种不良印象，还是因生活的挫折与重压而导致了一些缺陷。

心灵 寄语

人要战胜的最大敌人就是自己的内心，内心为自己树立的框架会束缚住自己的行为，人们在失败之前往往是先被自己的内心打倒了。只要冷静地分析，就可以打破内心的框架，让自己得到充分的发挥。

换一种态度去对待

千　萍

　　玛亚·安格鲁小时候和奶奶一起住在阿肯色州的斯坦斐。

　　奶奶开着一处小店。每当有以牢骚满腹、喋喋不休而出名的顾客来到她老人家的小店时,她总是不管玛亚在做什么都会把她拉到身边,神秘兮兮地说:"丫头,来,进来!"

　　当然,玛亚都是很听话地进去。

　　奶奶就会问她的主顾:"今天怎么样啊,托马斯老弟?"

　　那人就会长叹一声:"不怎么样。今天不怎么样,赫德森大姐。你看看,这夏天,这大热天,我讨厌它,噢,简直是烦透了。它可把我折腾得够呛。我受不了这热,真要命。"

　　奶奶抱着胳膊,淡漠地站着,一边低声地嘟囔:"唔,嗯哼,嗯哼。"一边向玛亚眨眨眼,确信这些抱怨唠叨都灌到她耳朵里去了。

　　再有一次,一个牢骚满腹的人抱怨道:"犁地这活儿让我烦透了。尘土飞扬真糟心,骡子也是犟脾气不听使唤,真是一点儿也不听话,要命透了。我再也干

不下去了。我的腿脚，还有我的手，酸痛酸痛的，眼睛也迷了，鼻子也呛了，我再也受不了了！"

这时候奶奶还是抱着胳膊，淡定地站着，咕哝道："唔，嗯哼，嗯哼。"边看着玛亚，点点头。

这些牢骚满腹的家伙一出店门，奶奶就把玛亚叫到跟前，不厌其烦地对她说："丫头，你听到这些人如此这般地抱怨唠叨了吗？你听到了吗？"

玛亚点点头。

奶奶会接着说："丫头，每个夜晚都有一些人——不论是富人还是穷人——酣然入眠，但却一睡不起。丫头，看那些与世永诀的人，温柔乡中不觉暖和的被窝已成为冰冷的灵柩，羊毛毯已成为裹尸布，他们再也不可能为糟天气或犟骡子去抱怨唠叨上 5 分钟或 10 分钟了。记着，丫头，'牢骚太盛防肠断'。要是你对什么事不满意，那就设法去改变它。如果改变不了，那就换一种态度去对待，千万不要抱怨唠叨。"

心灵寄语

牢骚满腹不仅使人颓唐，而且也容易使人失去进取心，得过且过地混日子。但我们应该看到，引起我们牢骚满腹的多是一些生活的琐屑小事而已，除非你已死去，否则你就无法彻底远离这些小事。那么，何不换一种态度去对待它，设法去改变它呢？

登山者的发现

雨　蝶

有位叫蒙克夫·基德的登山家，在不带氧气瓶的情况下，多次跨过6500米的登山死亡线，并且最终登上了世界第二高峰——乔戈里峰。

他的这一壮举在1993年被载入吉尼斯世界纪录。

不带氧气瓶登上乔戈里峰是许多欧美登山家的愿望。

然而，自1881年有人携带氧气袋登上这座山峰以来，一百多年过去了，还没有一个人登上它。

因为一旦超过6500米，空气就稀薄到正常人无法生存的程度，攀登者在这个高度每前进一步都必须停下来大口大口地喘上十几分钟才行，想不靠氧气瓶登上8000多米的峰顶，确实是一个严峻的挑战。

可是，蒙克夫做到了，他为了实现这一夙愿不断摸索，最终他发现了无氧登山运动的奥秘。

在颁发吉尼斯证书的记者招待会上，他是这样描述的：我认为无氧登山运动的最大障碍是欲望，因为在山顶上，任何一个小小的杂念都会使你感觉到需要更多的氧。

作为无氧登山运动员，要想登上峰顶，就必须学会清除杂念。脑子里杂念愈少，你的需氧量就愈少，欲念愈多，你的需氧量就愈多。

在空气极度稀薄的情况下，为了登上峰巅，为了使四肢获得更多的氧，必须学会排除一切欲望和杂念。

我们大多数人都没有登过高山，更没有在极度缺氧的环境里停留过，然而，我们都或多或少地在贫困里支撑过，在金钱始终不甚宽裕的日子里生活过。你是否发现，我们的心一旦充满欲望，就会感到需要钱，并且欲望愈大，愈是感觉到需要更多的钱，尤其是沉溺于享乐时，更是如此。根据蒙克夫发现的道理，这样的人在生活和事业上是登不上顶峰的。

心灵寄语

在成功的路上需要专注，只有执着才能保证不会迷失方向。太多的欲望会使人困惑。不要索求太多，成功的路只有一条，只要看好眼前的路一直走下去就好了。

牧羊人、马和房子

忆 莲

　　有一个天使，送信的时候在人间睡着了。醒来后，他发现翅膀被偷走了。没有翅膀的天使，能力比普通人还要小。他又冷又饿，来到一户人家门口。

　　"我是天使，请把门打开。"

　　这家人打开门，看到天使被雨淋了，衣服皱巴巴的，却问："你给我们带来了什么礼物？"

　　天使回答："我的翅膀丢了，回不到天堂去，没有礼物。"

　　"没有翅膀和礼物的天使不算天使！"这家人把门关上了。

　　他敲第二家、第三家的门，都遭到拒绝。

　　天使没办法，只好蹲在村口哭。一个牧羊人看他可怜，把他带回了家。

　　天使吃饱了饭，穿上了暖和的衣服，开始对牧羊人述说自己的遭遇。

　　牧羊人说："你即使不是天使，我也会给你一顿饭吃的。如果你没有别的事做，就留下来和我一起放羊吧。"

　　天使在人间的确不会什么手艺，便开始牧羊。

天使每天梳理一些羊毛留下，日积月累，他为自己织了一对羊毛的翅膀，在牧羊人目瞪口呆的注视下飞走了。

过了几天，天使来答谢牧羊人，问他要什么。

牧羊人说："让我增加100只羊吧。"

羊群增加了100只，牧羊人比过去更累了。他找到天使，请他把羊收回去，为自己盖一间大房子。牧羊人在大房子里住着，发现到处是灰尘，打扫不过来。于是他用房子换了一匹马。牧羊人骑在马背上，但不知要到什么地方去，就把马还给了天使。

天使问："你还要什么？"

牧羊人说："什么也不要了。"

天使说："人从来都有很多愿望，你难道没有吗？"

牧羊人说："愿望实现之后，我才知道我不需要这些东西，它成了我的累赘。"

天使说："我送你一件无价之宝，那就是性格。你想有什么样的性格？"

牧羊人说："我已经有了这样的性格，那就是知足。"

心灵寄语

俗话说"知足者常乐"。人们总是有各种各样的欲望，但等到这些欲望真的实现后人们并不会感到快乐，人们发现自己得到的并不是自己真正想要的东西。只有人们懂得了什么叫"知足"，才能体会到人生真正的乐趣。

扫阳光的孩子

雁 丹

杰克和约翰兄弟两人住在阁楼上，由于年久失修，卧室的窗户只能整天密闭着。厚厚的布和满是灰尘的窗户遮住了阳光，整个屋子十分阴暗。

兄弟俩看见外面灿烂的阳光觉得十分羡慕，于是就商量说："我们可以一起把外面的阳光扫一点儿进来。"于是，就拿着扫帚和簸箕，到阳台去扫阳光了。

他们很用心地将映在地上的阳光扫进簸箕里，然后又小心翼翼地搬进阁楼；可是一进楼梯口的黑暗处，阳光就没有了。但是他们并没有放弃，而是一而再、再而三地扫，小心翼翼地搬，但依然是徒劳，屋内还是没有阳光。

"为什么我们这样努力都无法将阳光运到屋子里来呢？"这个问题让他们困惑不已。

正在厨房忙碌的母亲看见他们奇怪的举动，问道："你们在做什么？"

他们回答说："房间里太暗了，我们要扫点儿阳光进来。"

母亲笑道："只要把窗户打开，阳光自然会进来，何必去扫呢？"

心灵寄语

　　其实人心也是如此，热情的阳光并不需要刻意地去扫，只要将心门向外开启即可。当你肯把封闭的心门敞开，虽然只露出一点缝儿，你也可以立即感受到无穷的光明和温暖。其实清洗黑暗最好的方法就是打开窗户，引入阳光。

咸也好，淡也好

语 梅

一个青年为着情感离别的苦痛来向我倾诉，气息哀怨，令人动容。

等他说完，我说："人生里有离别是好事呀!"

他茫然地望着我，我说："如果没有离别，人就不能真正珍惜相聚的时刻；如果没有离别，人间就再也没有重逢的喜悦。离别从这个观点看，是好的。"

我们总是认为相聚是幸福的，离别便不免哀伤。但这幸福是比较而来的，若没有哀伤作衬托，幸福的滋味也就不能体会了。

再从深一点儿的观点来思考，这世间有许多的"怨憎"，在相聚时感到重大痛苦的人比比皆是，如果没有离别这件好事，他们不是要永受折磨，永远沉沦于恨海之中吗?

幸好，人生有离别。

因相聚而幸福的人，离别是好，使那些相思的泪都化成甜美的水晶。

因相聚而痛苦的人，离别最好，雾散云消看见了开阔的蓝天。

可以因缘离散，对处在苦难中的人，有时候正是生命的期待与盼望。

聚与散、幸福与悲哀、失望与希望，假如我们愿意品尝，样样都有滋味，样样都是生命中不可或缺的。

高僧弘一大师，晚年把生活与修行统合起来，过着随遇而安的生活。有一天，他的老友夏丏尊来拜访他。吃饭时，他只配一道咸菜。

夏丏尊不忍地问他："难道这咸菜不会太咸吗？"

"咸有咸的味道。"弘一大师回答道。

吃完饭后，弘一大师倒了一杯白开水喝，夏丏尊又问："没有茶叶吗？怎么喝这平淡的开水？"

弘一大师笑着说："开水虽淡，淡也有淡的味道。"

我觉得这个故事很能表达弘一大师的道风，夏丏尊因为和弘一大师是青年时代的好友，知道弘一大师在李叔同时代，有过歌舞繁华的日子，故有此问。弘一大师则早就超越咸淡的分别，这超越并不是没有味觉，而是真能品味咸菜的好滋味与开水的真清凉。

生命里的幸福是甜的，甜有甜的滋味。

情爱中的离别是咸的，咸有咸的滋味。

生活的平常是淡的，淡也有淡的滋味。

我对年轻人说："在人生里，我们只能随遇而安，来什么品味什么，有时候是没有能力选择的。就像我昨天在一个朋友家喝的茶真好，今天虽不能再喝那么好的茶，但只要有茶喝就很好了。如果连茶也没有，喝白开水也是很好的事呀！"

心灵 寄语

人生不可能一帆风顺，在人生的道路上有很多艰难险阻在等待着我们。如果因此感到痛苦和迷茫的话，就没办法继续前进。但是把这些艰难当做人生的另一种体验，你就会发现人生是另一种滋味。

活得快乐

慕 菡

一位读商学院的学生，在纽约华尔街附近的一家餐馆打工。

一天，他雄心勃勃地对餐馆大厨说："你等着看吧，我总有一天会在华尔街工作的。"

大厨问道："这是你毕业后的打算吗？"学生自信地回答："我希望学业一完成，马上进入一流的跨国企业工作，不但收入丰厚，而且前途无量。"

大厨摇摇头："我不是问你的前途，我是问你将来的工作兴趣和人生兴趣。"学生一时无语，显然他不懂大厨的意思。

大厨却长叹道："如果经济继续低迷下去，餐馆不景气，那我就只好去做银行家了。"

学生惊得目瞪口呆，疑心自己的耳朵出了毛病，眼前这个一身油烟味的厨子，怎么会跟银行家沾得上边呢？

大厨对学生解释："我以前就在华尔街的一家银行上班，天天披星戴月，早出晚归，没有半点儿自己的业余生活。我一直都很喜欢烹饪，家人朋友也都很赞赏我的厨艺，每次看到他们津津有味地品尝我烧的菜，我就高兴得心花怒放。有

一天，我在写字楼里忙到凌晨 1 点钟才结束了公务，那一刻我就下定决心要辞职，摆脱这种工作机器般的刻板生活，选择我热爱的烹饪为职业，现在我生活得比以前要愉快百倍。"

很多人在选择职业时，第一看体面，第二看收入，两者兼得，就足以在人前人后风光炫耀了。但的确也有一部分人，认为职业没有高低贵贱之分，他们更注重的是对事业的兴趣。活得快乐而自我，也是一种上乘的人生境界。

心灵 寄语

人生就是一个不断实现自我的过程，但实现自我并不等于高收入。真正的实现自我是可以让自己在快乐中工作，在工作中得到快乐。一份不能使你快乐的工作你就没法把它做到最好。

持之以恒的精神

凝 丝

有一个高中生耐性不够，做一件事只要稍稍有点困难，就很容易气馁，不肯锲而不舍地做下去。

有一天晚上，他的父亲给他一块木板和一把小刀，要他在木板上切一条刀痕。当他切好一刀以后，他父亲就把木板和小刀锁在他的抽屉里。

以后每天晚上，他父亲都要他在切过的痕迹上再切一次。这样持续了好几天。终于到了有一天晚上，他一刀下去，就把木板切成了两块。

父亲说："你大概想不到这么一点点力气就能把一块木板切成两片吧？你一生的成败，并不在于你一下子用多大力气，而在于你是否能持之以恒。"

凡事需尽力而为，半途而废者永无成就。"世上无难事，只怕有心人。"只要你能持之以恒、坚持不懈地努力，再高的山峰我们都能翻过。

守时是最好的信誉

碧 巧

　　1779年，德国哲学家康德计划到一个名叫伯玢的小镇，去拜访一位老朋友——威廉·彼特斯。康德动身前写信给彼特斯，说自己将于3月2日上午11点之前到达。

　　3月1日这天，康德踏上了行程，并于当天赶到了伯玢小镇，第二天早上，康德租了辆马车，赶往彼特斯的家。老朋友住在离小镇12英里远的一个农场，小镇和农场之间隔了一条河。当马车来到河边，细心的车夫说："先生，实在对不起，不能再往前走了，桥坏了，很危险。"

　　康德下了马车，看了看桥，中间的确已经断裂了。河面虽然不宽，但是水很深，而且水流湍急。

　　"附近还有别的桥吗？"康德先生焦急地问。

　　车夫回答道："有的，先生，在上游6英里远的地方还有一座桥。"

　　康德看了看怀表，已经10点钟了。

　　"如果赶那座桥，我们以平常速度什么时候可以到达农场？"

　　"我想大概12点半。"

　　康德又问："如果我们经过面前这座桥，以最快速度什么时间能到达？"

车夫回答说："最快也得40分钟。"康德跑到河边的一座很破旧的农舍里，客气地向主人打了招呼，并打听道："请问您这间房子要多少钱才能出售？"

农妇大吃一惊："您买如此简陋的破房子，究竟是为什么？"

"不要问为什么，您愿意还是不愿意？"

"那就给200法郎吧！"

康德马上付了钱，说道："如果您能马上从破房上拆下几根长木头，20分钟内把桥修好，我将把房子还给您。"

农妇一听，非常高兴，赶紧把两个儿子叫来，他们干得很卖力，时间不长果然修好了桥。

就这样，马车平安地过了桥，飞奔在乡间的路上，10点50分，康德赶到了老朋友的家。

在门口迎候的彼特斯高兴地说："亲爱的朋友，您可真守时呀！"

康德在与老朋友相会的日子里，根本没有对他提起为了守时而买房子、拆木头过河的经历。

后来，彼特斯在无意中听到那个农妇讲到了这件事，很有感慨地给康德写了一封信，信中说道：

"您太客气了，还是一如既往地守时。其实，老朋友之间的约会，晚一些时间是可以原谅的。何况您还遇到了意外。"

一向一丝不苟的康德，在给老朋友的回信中写了这样一句话："在我看来，在一定意义上说，无论是对老朋友，还是对陌生人，守时就是最大的礼貌。"

心灵 寄语

君子不轻诺，诺出不轻移。快马一鞭远，覆水难收回。守时非是小事，它能折射人们生活的一贯作风与行事方式。如果一个人连守时都做不到，那恐怕他也不会取得什么成就。

诚实节的由来

静　松

5月2日是美国威斯康星州的诚实节，这个节日的由来与一个诚实的孩子有关。

很久以前，威斯康星州有个不幸的小男孩儿名叫埃默纽·旦南，他5岁的时候，父母就已相继去世，他成了一个无依无靠的孤儿。

一个伪善的酒店老板，觉得收留埃默纽是一件很划算的事情：既多了一个童工，又落下行善的好名声。于是，他把埃默纽领回了家里，让他在店里干活。

埃默纽很感激老板，他称呼老板夫妇为爸爸、妈妈，不过他每天要干很多活儿，有点儿吃的他就很满足了。

转眼几年过去了，埃默纽长成了一个懂事的少年，他勤劳善良，待人诚恳，很受大家欢迎。有一天晚上，埃默纽干活干到很晚，刚刚睡下，就被一阵敲打声惊醒了。他不知发生了什么事，连忙起床。走到外面的房间，他看见了一幕可怕的情景，便不由自主地大叫起来："天哪！你们在干什么？"

原来，酒店老板和老板娘弄死了一个人，正打算拖出去埋掉。死者是一个有钱的商人，身上带了很多钱，晚上在酒店喝酒，醉得东倒西歪，酒店老板财迷心

158

窍，心生歹念，便杀死了商人。

埃默纽吓坏了，连忙跑进自己房间躲起来。第二天一早，老板进来对他说："如果今天警察来查问这件事，你必须说商人喝醉酒打人，我是自卫，把凳子扔过去，不小心把他打死的。"埃默纽望着恶狠狠的老板，胆怯地说："可是，爸爸，事情不是这样的。我不能说谎。"

老板生气了，揪着他的衣领大喊大叫："必须这样说，你要向我保证。"

埃默纽摇摇头说："不，我不能保证。我不想撒谎。"

老板气急败坏地把埃默纽捆了起来，吊在房梁上，用鞭子抽他，并威胁他说："如果不照我的话说，就打死你。"埃默纽还是不肯答应，最后被老板活活地打死了。

老板的罪恶终于暴露了。在法庭上他不得不讲出了事情的真相。

埃默纽小小年纪，至死不肯说谎，他的事迹深深地感动了人们。为了纪念这个诚实的孩子，政府为他建造了纪念碑，碑上写着："怀念为真理而屈死的人，他在天堂永生。"并将埃默纽死去的这一天——每年的5月2日定为诚实节。

心灵 寄语

一个少年尚知道什么是诚实，知道该怎么做到诚实守信，知道坚守自己的信念，即使付出生命……一个少年尚知道并能坚持，为什么大人反倒做不到诚信，甚至犯下罪行？

不要心存报复

芷安

园园和阿杰是同桌，但是关系并不好。园园看不起阿杰，因为他家里穷，没有漂亮的文具盒，没有一支像样的钢笔，没有一本干净的笔记本，还没钱买自行车，每天只能步行上学。园园正相反，她有最好的文具盒和钢笔、笔记本，每天，还有一辆漂亮的小汽车接送。因此她在阿杰的面前总是傲气十足。

阿杰自尊心特强，当然也看不惯园园。每次园园嘲笑他的时候，阿杰总是忍耐着。他想，自己总有一天会报仇。

有一天，他俩值日。园园和从前一样，擦擦黑板抹抹桌子就想开溜。阿杰拦住她，说她必须擦完窗户才能走。园园嬉皮笑脸地说："下次吧，今天我爸要接我去外面吃饭。我怕他等急了。"说完就趁阿杰不注意，从他腋下溜走了。

阿杰只好气呼呼地把活儿干完。等这一切完成的时候，天都快黑了。阿杰快步走出校门，突然发现离校门不远处的墙角蹲着一个人。她的肩膀不停地抽搐着，好像是在哭。他走上前去，问："怎么啦？"

只见那人抬起头，眼泪汪汪地看着他。原来是园园。她哭着说："爸爸还没来接我。"

原来是这点小事，真没用，阿杰想。然后就没理园园，径直朝前走了。

园园见他要走，赶忙站起来，低声地说："别走！我，我好害怕，你能不能陪陪我？"

"陪你？今天值日太晚了，我家人还等着我回去呢！"阿杰见园园求他，心里挺得意的。

听到阿杰提值日的事，园园不说话了。她又重新蹲了下来，无助地看着前方的路。

阿杰突然觉得她好可怜，有一刻他几乎想要答应了，可是一想到她平时趾高气扬的样子，心又变硬了。阿杰快步地从园园身边走过，不敢回头。

在路上，阿杰正进行着激烈的思想斗争："园园是不好，可是现在她有困难，我怎么能够心存报复，对她坐视不管呢？再说我这样以牙还牙，岂不是自己也变得和她一样坏了？——可是，她以前也太可恶了！我不能原谅她。不能！——不过，她刚才在寒风中站了一个小时，也算受到了惩罚。还是回去吧，天那么黑，万一有坏人怎么办？要是她出了什么事，我岂不是要后悔一辈子。"阿杰越想越害怕，最后他回过头来，朝学校的方向狂奔。

园园已经不在那里了。阿杰吓坏了，他大声地喊："园园，园园！你在哪里？"

没有人回答，阿杰要急疯了。情急之下他跑到校门口的传达室，想问问守门的老爷爷有没有看见园园。谁知一走进传达室，就发现园园正坐在椅子上。用两只大眼睛看着他呢！

"你怎么在这里？"阿杰问。

"你怎么也在这里？"园园反问。

阿杰不说话了。

这时传达室的老爷爷说道："你是她哥哥吧？怎么不叫个大人来？天这么黑，又这么冷。也不知你怎么这么晚才来，等得这小姑娘在墙角直哭。要不是我刚才出去办点事，恐怕她还蹲在那儿呢！"

阿杰听了，更难受了。他说："都是我不好。"

园园听了这话，破涕为笑了。

不一会儿，园园的阿姨急急忙忙地赶了过来。原来园园父母的车在半路和另一辆车相撞，两人都受了伤，不过幸好没有生命危险。大伙都忙着照顾他们，一时就把接园园的事给忘了。

过了一个月，园园父母都出院了。不过园园再也不让他们接送了。她和阿杰成了好朋友。

心灵 寄语

其实，相互尊重也是一种文明礼仪，每位同学都希望被他人关爱，被他人尊重。我们不该去讥笑、侮辱同学，要尊重他人的生活习惯。

敢跳舞的人

冷　薇

　　北非某国的国王张榜求贤准备选一个诚实的人，为他征款收税。为了保证这个人对国王尽忠尽力，不贪污，不弄虚作假，谋士们纷纷出谋献策。其中一个谋士对国王说："陛下，等那些应征者来到宫内，您只要如此这般，我就能从中给您寻觅到最诚实的人。"国王听后连声称妙。

　　第二天，所有应征者都被唤至王宫，应征者看着这富丽堂皇的建筑，啧啧称奇，他们对税官这块肥缺早已垂涎三尺，今天总算有个自由竞争的机会，可国王究竟要考他们些什么呢，谁也没有数。谋士要他们从走廊单独过去见国王。

　　走廊里光线暗淡。所有应征者都顺利地走过走廊，来到国王面前。国王说："来吧，先生们，拉起手来跳个舞。我想知道你们诸位中，谁的舞姿最优美。"

　　豪华的宫殿上，吊着蓝色的精巧的大宫灯，灯上微微颤动的流苏，配合着闪光的地板和低低垂下的天鹅绒的蓝色帷幔，给人一种迷离恍惚的感觉，当音乐抑扬地响起时，绝大多数应征者顿时傻了眼，脸色渐渐由白变红，羞愧难堪。这时，只有一个人毫无顾忌地跳起欢快的舞，显得那么轻松自如。

　　聪明的谋士指着那个正在翩翩起舞的人说："陛下，这就是您要找的诚实

人。"原来，谋士在光线暗淡的走廊上放了好几筐金币，凡是单独穿过走廊往自己衣袋中装金币的人，就不敢跳舞。如果一跳舞，衣袋中的金币就会叮当作响。因此，不敢跳舞的人就不是诚实的人。而那个诚实的人单独穿过走廊时，没有把金币私自装入腰包，当然就不怕跳舞露馅了。

国王走下宝座，拉着那个诚实的人，高兴地说："你能够不为金钱所动，真是好样的。"

中国有句古话："要让人不知，除非己莫为。"不诚实的人可能会得到一些小便宜，但那只是暂时的。只有诚实的人才能做大事，才能得到人们的认可，取得成功。

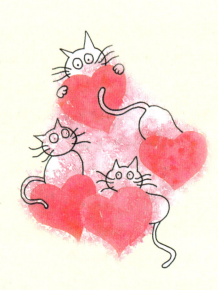

赞美别人

慕 菡

临睡以前，女儿赤脚站在我面前说：

"妈妈，我最喜欢的就是台风。"我有点儿生气。这小捣蛋，简直不知人间疾苦，每刮一次台风，有多少屋顶被掀跑，有多少地方会淹水，铁路被冲断，家庭主妇望着几元一斤的小白菜生气……而这小女孩儿却说，她喜欢台风。

"为什么？"我尽力压住性子。"因为有一次刮台风的时候停电。"

"你是说，你喜欢停电？""停电的时候，我就去找蜡烛。""蜡烛有什么特别的？"我的心渐渐柔和下来。"我拿着蜡烛在屋里走来走去，你说我看起来像小天使。"

那是许多年前的事了吧。我终于在惊讶中静穆下来，她一直记得我的一句话，而且因为喜欢自己在烛光中像天使的那份感觉，她竟附带地喜欢了台风之夜。一句不经意的赞赏，竟使时光和周围情境都变得值得追忆起来。那夜，有个小女孩相信自己像天使；那夜，有个母亲在淡淡的称许中，制造了一个天使。赞美的力量是巨大的。有时，一句赞美的话，便足以改变一个人的人生。

赞美是对付出的一份报酬，是生活的一种公平，是黑暗中的一根蜡烛，有意

无意间照亮了别人；是航船中的一块罗盘，颠颠簸簸中指示着方向。

我赞美你，说明我注意你，我注意你，那一定会使你更加注意你自己；我赞美你，那便是说我尊重你，我尊重你，那一定会使你更加尊重你自己；我赞美你，说明我接受你，我接受你，那一定会使你首先接受你自己；我赞美你，说明我喜欢你，我喜欢你，那一定会使你更加喜欢你自己。

心灵 寄语

不要吝啬你的赞美，赞美可以激发人的潜能，赞美可以让人找到自信，赞美可以使人乐观地对待身边的事物。有时候，一句赞美之词就可以改变一个人。

真正强大的力量

宛 彤

2006 年 5 月，哈佛大学研究生院学生会主席竞选进入了白热化阶段。在历史上，担任过这一职务的学生里，曾出过 3 位美国总统。所以，这一职务有着哈佛"总统"的美誉，因此竞争异常激烈。

此次竞选很有看点，因为在连续被美国人垄断主席位置数年的历史背景下，中国女孩朱成却成了闯进人们视野、备受关注的一匹黑马。在竞选进入最后阶段的时候，朱成一共有 3 个主要对手，分别是哈恩、吉米克和隆德里格斯。

由于竞争激烈，大家纷纷各显神通。首先，隆德里格斯出人意料地爆出了哈恩和吉米克的丑闻，说他们的家庭和人品有问题，并举出了有关的例子，降低了他们的竞选支持率。隆德里格斯的举动在削弱另两个人的竞争力的同时，也帮了朱成的大忙。此后，朱成的支持率一路攀升。此时，她又开始成为其他 3 人攻击的目标。

不久，隆德里格斯又爆出了朱成的丑闻，说她以救助南非孤儿为名侵吞了大量捐款，那个孤儿却依然流落街头。

这个谣言让朱成受到了很多选民的质疑。为了证明自己的清白，朱成在学校

召开了新闻发布会，她把那个 4 岁的南非女孩抱到了学校，并且出具了女孩生活得非常幸福的证明。这让隆德里格斯的谎言瞬间烟消云散。由于哈恩和吉米克还没有澄清自己，隆德里格斯被证实了有说谎行为，朱成的获胜概率又提升了几分。

为了报复隆德里格斯之前对两人的"毁灭性打击"，哈恩和吉米克趁大家怀疑隆德里格斯的时候，又曝光了一段隆德里格斯在一家中国超市被警察询问的录像。他们说隆德里格斯因为偷窃而被人抓到，在学校里引起了轩然大波。一时间，隆德里格斯百口难辩，此时，有利的局势再一次倾向了朱成这一边。

2006 年 5 月 11 日，是整个竞选中最重要的一天，4 个竞选者一起召开了新闻发布会。哈恩、吉米克和隆德里格斯都显得有些沮丧，只有朱成依旧保持着端庄的微笑。她走上台说："同学们，我今天想先告诉大家一件事情，就是关于隆德里格斯在超市行窃的事。"

她的话让所有人都屏住了呼吸，隆德里格斯更是因为紧张而攥紧了拳头。朱成说："我认识那家中国超市的老板，我到他那里去过，问明了整个事情的经过。事实上，隆德里格斯并不是因为行窃而被警察询问，而是因为帮助老板抓到了小偷，才被警察询问情况的！"

霎时，整个发布会现场一片哗然。隆德里格斯惊讶地抬头看了看朱成，微张着嘴，想说什么，又没有说出口。哈恩和吉米克则有些沮丧，他们实在不明白她为什么要帮隆德里格斯澄清丑闻；难道她不明白，一旦他重获清白，就会成为朱成最大的对手？

竞选的局势再次因为朱成的爆料而扑朔迷离起来。竞选助理埋怨朱成帮了对手一个大忙，朱成只是淡淡地笑了笑，说："我只是希望这次竞争能够公平一些，这样赢得的胜利才有意义。"

投票前 15 分钟，隆德里格斯在广播里宣布了自己退出的消息，并且号召自己的支持者把票投给朱成。他说，他无法像朱成那样真诚与宽容，他已经输掉了竞选。最后，隆德里格斯还表示，如果朱成竞选成功，自己愿意做她的助理，全力协助她在学生会的工作……

2006 年 6 月 8 日，朱成力挫群雄，成了哈佛第一任华人学生会主席。

那些投票给她的学生说，他们相信，只有内心真正强大的人，才会追求公平、公正，才会看重结果，也享受过程。

心灵 寄语

人的一生总是要遇到很多对手，学习上的、工作上的、生活上的。只要调整好心态，对对手讲策略而不是耍手段，超越而不是打压，光明正大地来竞争，很多时候是可以超越对手、成就自己，实现双赢的。

敬　启

　　本书的编选参阅了一些期刊报纸和著作的文字以及图片，由于多种原因我们未能与部分入选文章和图片的作者（或译者）联系。敬请原作者（或译者）见到本书后，及时与我们联系，我们将按国家有关规定支付稿酬并赠送样书。

编 委 会

邮箱：chengchengtushu@sina.com